二見サラ文庫

# シェアハウスさざんか ―四人の秘めごと―

葵 日向子

Illustration
またよし

CONTENTS

# 一話　シェアハウスと柚子鍋《ゆずなべ》

朝日が昇る。まだ夜を残しているかのように暗い貯水池の水面に、橙色《だいだいいろ》の光が一筋走っていく。

人はどうして節目というものを作りたがるのだろうか。初日の出などと言っても、結局は昨日と同じ太陽ではないか。そう言うと、隣に立っている光介《こうすけ》は呆《あき》れた顔を俺に向けてきた。

「チカくん……そういうのって何かおじさんっぽい」

「どうしてそうなる？　自分の考えを言っただけだろう」

軽く睨《にら》み付けてやると、光介は「どうしてかというと……」と探偵よろしく顎に指を添えて考えこむ仕草をした。二十五歳の男が何をやっているのだと思わなくもないのだが、光介の場合は妙に様になっているから何も言えなくなる。

大福餅のような色白の丸顔、平均より小柄な身長と薄い体。いくらブラシで撫《な》でつけても四方八方にはねる金に近い茶色の癖毛。それらのせいか年齢よりもずっと幼く見える。遠慮や計算のない笑顔や人懐こい性格もそう思わせる原因かもしれない。

「あ、わかった。つまり新鮮味がないんだよ」

「新鮮……？」

「何ていうかさ、子供の頃ってどんな小っちゃなことでもワッと驚くじゃない？　そういう感じがないっていうか……」

「……もうちょっと考えがまとまってから話せ」

「えー」

そんな会話をしているうちに、太陽は半分以上姿を現していた。水面の際に光が溜《た》まり、薄明るくなった空との境目をくっきりと浮かび上がらせている。

人はどうして節目を、境目を作りたがるのだろうか。

もう一度、思う。節目も境目も関係ない。俺たちの人生も俺たちの生きる世界も、全ては繋《つな》がっているものではないか。それをわざわざ区切りたくなるのはどうしてだろう。

「あ、わかった！」

隣でぽんと手を叩《たた》く音が聞こえた。ふり返ると満面の笑みを浮かべた光介の顔が、目に飛びこんできた。

「今度は何だよ」

「おじさんっぽいっていうか、本当におじさんになったんじゃない？　ダメだよ。今時、三十八なんてまだまだ若作りができる年齢なのに」

「光介……」

俺は光介の頭を引っぱたいてやりたい衝動をどうにか腹に押し戻して、代わりにくしゃくしゃと髪の毛をかき混ぜてやった。

「ちょっと！　何するの」

「俺がおじさんならそのおじさんと……」

しかし、続けるはずだった言葉は隣にやってきた家族連れが目の端に入ったことで途切れた。こんな所で迂闊《うかつ》なことを言えるわけがない。だが、

「おじさんと何？　何なの？　何て言おうとしたの？」

光介は俺の手の下から悪戯《いたずら》っぽい目を向けてきた。俺が言おうとしたことなんか全てお見通しでわざと言っているのだ。俺は軽く目を細めると、光介の頭に乗せたままの手を、今度は地球の重力と同じ方向に押しこんだ。

「ちょっと、首縮む！」

平均より小柄な光介に比べて、俺は平均より身長が高いし、体もそこそこ鍛えているからどちらかというと大柄な部類に入る。俺が少しばかり本気を出せば光介に力で振りほどかれることはない。手の下で子供のように暴れる光介を見て、俺は片方の口の端を上げると手の力を緩めた。

「おじさんと並んでいるから、お前は余計にガキっぽく見えるんだろうと言いたかったんだ」

「えぇー、何それ」

俺の手の下から抜け出してきた光介はくしゃくしゃになった頭を両手で撫でつけながら唇を尖《とが》らせていたが、俺は構わず背を向け、歩き出した。

どんぐりの帽子のような屋根の取水塔が建つ貯水池を望めるこの橋は、この辺りでは一番の初日の出スポットだ。それでも暗いうちはまだ人もまばらだったが、今は小さな子供も含めた家族連れが増えてきている。正直、人の多いところは苦手だ。

「帰るぞ。今日は餅を焼いて雑煮を作るんだ。この日のために七輪も新調したんだからな」

「やった、雑煮」

光介の弾んだ声に、思わず頬が緩む。すると、光介はぽつりと、

「ねぇ、帰るぞっていいね」

と、言った。ふり返ると、光介は無防備な笑顔を向けてきた。

「一緒に住んでる人の特権って感じ」

「ただのシェアハウスだろ」

つい投げ捨てるように言ってしまってすぐに後悔したが、光介は全く気にする様子もなく、弾むような足取りであっという間に俺を追い抜かして行く。

「早く帰ろ。お腹《なか》減っちゃった」

「わかってる」

今年も賑《にぎ》やかな一年になりそうだな。ついそんなことを思って、ふと、気が付いた。

(何だ、俺も……)

節目を意識しているではないか。

一年というのは短いようで長い。だが、人の時間はもっと長い。一年ずつくらいで区切

りを入れないと息が続かないのかもしれない。

そんなことを思いつつ小さく笑うと、いつの間に戻ってきたのか、光介がひょっこりと下から顔を覗《のぞ》きこんできた。

「何笑ってんの？　あ、わかった。何かエロいこと考えたんでしょ。チカくんってば新年早々ムッツリ……」

今度こそ、俺は光介の頭を引っぱたいた。

＊

シェアハウス「さざんか」。

東京都心から電車で四十分程のところにある小さな日本家屋で、シェアハウスなどと気取った名前を付けてはいるが、年季の入った一軒家を四人でルームシェアしているというのが最もその様子を言い表していると思う。

「さざんか」に暮らすのは、俺と光介、それに慧《けい》と莉子《りこ》という女性二人だ。慧は俺と同じ三十代、莉子は光介と二つ違いの二十三歳。

さて、この四人が揃《そろ》った時、傍《はた》から見るとどういった関係に見えるだろうか？

「男女混合の仲良し四人組のルームシェア」というのは、俺たちが十代であればかろうじて通じるかもしれないが、いい歳をした男女四人であれば「仲の良いカップル二組のルームシェア」と考えるほうが健全というものだろう。もっとも、年齢によって男女の関係性への想像が変わることもどうかと思うのだが、それはまた別の話になるから割愛する。

「まったくもう、どうしてそんなこと急に言うのよ。明日来るなんて」

昼の光を受けた「さざんか」の小さな庭を、住人である慧の声が揺らす。

この庭のことを誰かに説明するとしたら、ものすごく家庭的な日本庭園といったところだろうか。ブロック塀を背景に、槙《まき》の木や紅葉、百日紅《さるすべり》、山茶花《さざんか》などの庭木、水の枯れた池や小さな石灯篭《いしどうろう》がこじんまりとまとまっている。それでも手入れが追い付かず、枝葉や雑草は伸び放題、枯葉は落ち放題だった。

その状態を何とかするべく雑草を抜き、枯葉を集めていた俺は、ゴミ袋を手に取りながら縁側に立つ慧をふり返った。

「向こうが急に言ってきたんだ」

ショートカットの髪をピンで止め、深緑色のエプロンを着けた慧は、縁側を忙しく水拭きしながら文句を言う舌もくるくると回す。

「急に言ってきたなら断りなさいよ。私も莉子もまだ正月休みだったから良かったけど」

「断れる相手じゃない」

「あんたのお母さんでしょ」

「ここのオーナーだ」

俺は口を苦くする何かを吐き捨てるように言った。

シェアハウス「さざんか」は、元は俺の祖父母の家だった。祖父母が亡くなり空き家となったこの家を相続した祖父母の一人娘、すなわち俺の母親は家屋を壊し土地を売るつもりだったのだが、その時に都内で一人暮らしをしていた俺が移り住むことを申し出た。母親は、

「売って入るはずだったお金が入らなくなったんだから、相場の家賃は払ってもらうわよ」

と言ってきたが、それまで都心のマンションに暮らしていた俺としては、一軒家とはいえ築五十年をゆうに超えた郊外の家の家賃などむしろ安くなる程だったから二つ返事で了承した。ただ一つ、母親と俺が家主と店子《たなこ》という関係になることは気に食わなかったが、背に腹は変えられないというものだ。

それから一人で暮らしていたが、しばらくして家をシェアハウスとして使うことに決め、光介、慧、莉子がやって来た。

「でもさ、『さざんか』は来客NGがルールじゃない。いいの？　いくらオーナーだからってそのルール破って」

と、縁側に面した部屋から出てきた光介が、にやにやしながら言ってきた。その手には俺の筋トレグッズ。五キロ程度のダンベルだが、光介は両手で赤子でも抱くかのように持っている。俺は「落とすなよ」と言いながら光介を睨みつけた。

「破るも何も、そのルールは俺たちのルールだ。オーナーは存在すら知らない。それに、

オーナーは客じゃない」

「ま、しかたないわよね」

ため息混じりに言いながら、慧は汚れた雑巾をバケツに突っこむ。

「友達はともかく、この家の持ち主に来ないでくださいなんて言ったらかえって怪しまれるもの。変に疑われていろいろバレるのはごめんだわ」

そう言うと、慧はバケツを持って行ってしまった。ややあって水を流す音が聞こえたから、風呂場で汚れた水を捨てているのだろう。

「チカくんのお母さん、迫力あるもんね。逆らっちゃいけない気になる」

「あれは自分勝手というんだ。それより光介は早くそれを上へ持って行け」

「重いんだよね~、これ。階段上れるかな」

「五キロなんて米袋一つ程度だろう。早くしないと明日までに模様替えが終わらないぞ」

「僕は別に終わらなくてもいいけど」

光介はこっそりと小声で言ったつもりだったようだが、聞き逃さなかった俺はジロリと睨み付けた。光介は焦った様子で口の端を上げて曖昧に笑うと、

「しょうがないな、頑張りますか」

逃げるようにダンベルを抱えたまま階段を上って行った。その足取りは全く軽くて、俺は肩をすくめる。

「しょうがないのはどっちだ、まったく……」

枯葉と雑草でいっぱいになったゴミ袋の口を縛ろうと、袋の端を引っ張り上げながら袋に足を突っこんだ。クシャクシャと葉が潰れる音と僅《わず》かに押し返してくる感触が足を包む。

「あれ、慧ちゃんは……?」

片足をゴミ袋に突っこんだまま肩ごしにふり返ると、長い髪を二つ結びにした莉子が、ダンボール箱を抱えて立っていた。中からは女物の洋服がはみ出している。

「風呂場だろう」

ゴミ袋の口を縛りながら言うと、莉子は「いなかったんです」と小鳥がさえずるような声で言った。

莉子に会ったばかりの頃は、そのビーズ細工のような可愛らしくて小さな声が聞き取れずに何度も聞き直し、遂には涙目にさせて慧に睨まれたものだが、今では俺も慣れたし、莉子も俺たちに馴染《なじ》んだのか少し声が大きくなった。

「二階にもいなかったし……チカさん、これ置いていいですか」

ダンボールを僅かに持ち上げて言うのに俺が頷《うなず》くと、莉子は遠慮がちな笑みを浮かべ、さっき光介が出てきた部屋へ入って行った。

俺は再びゴミ袋に目を戻すと、口がきちんと縛ってあるのを確認して持ち上げた。そのまま門扉《もんぴ》の側に持って行くと、そこには既に同じようなゴミ袋が二袋置いてある。それを見て俺は深々とため息を吐く。この辺りのゴミのルールでは、落ち葉や雑草は燃えるゴミの日、無料で回収してくれるのは二袋までだというのに、

（三袋になってしまった……）

こうなったら明日は二袋だけ出して、残りは家の裏にでも隠しておくか。そんなことを考えていた時……。

「あっ！」

莉子のいつになく大きな声が聞こえたのとほぼ同時、激しい衝撃音が家を揺らした。

「えっ、何だ……？」

ゴミ袋を放り出して慌てて家に戻る。庭に戻るより玄関のほうが近かったから、門扉から続く飛び石を一個飛ばしに駆け抜け、立て付けの悪い引き戸を開ける。途端、目の前の階段の途中で莉子が転がっているのが見えた。

「おい――」

大丈夫か、と言うよりも早く、

「莉子！　大丈夫⁉」

慧の声がなぜか後ろから聞こえてきた。ふり返るよりも早く慧は俺を押しのけ莉子の元へ駆け寄る。途中で箒とちり取りを投げ捨てたところを見ると、いつの間にか外回りの掃き掃除をしていたらしい。

「ちょっと、大丈夫？　怪我は？」

「へ、平気……ちょっと足を踏み外しちゃって」

「本当におっちょこちょいなんだから！　気を付けてよね」

「ねぇ、何か床が抜けたような音がしたけど」

と、まっすぐな階段の上から身を乗り出すようにして言う光介を見て、俺は思わず目を三角にする。

「おい、お前まで落ちるなよ」

「え、何？　心配してくれるの？」

「だから身を乗り出すな！」

「ちょっと、あんたたち……落ちた莉子に対して何か言うことはないわけ？」

地を這《は》うような低い声にハッとしたのは俺だけではなかったようだ。光介が慌てたように階段を駆け下りてきた。俺は急いでサンダルを脱ぎ捨てる。

「リコちゃん、大丈夫？　僕、おんぶしてあげよっか？」

「足ひねってないか？　氷持ってくるか？」

光介と俺が口々に言うのに、莉子は律儀に「大丈夫」とか「平気」とか後ろと前にいる俺たちにいちいち顔を向けて答えてくれる。こういうところが莉子の良いところだ。

と……。

「ふっ……！」

小さな空気の塊のような笑い声が聞こえた。見ると、狭い階段に莉子と二人でぎゅっと小さくなって座っていた慧が唇を波打たせていた。

「あんたら、わざとらし過ぎるわよ」

声を震わせて言う慧に、俺と光介は思わず顔を見合わせる。するとそんな俺たちの間で、莉子までもがクックッと笑い始めた。

「しかたないよ。さっきの慧ちゃん、怖かったから」

「ちょっと、人をオニババか何かみたいに言わないでくれる？　まあ、その様子じゃ莉子も大丈夫そうね。でも、本当に気を付けてよ？」

「うん、ありがとう」

笑いながら言い合う二人を見て、俺と光介は同時に頬を緩めた。慧は莉子を助けながら階段を下りると、リビングルームへと消えて行った。「大丈夫そう」と言いつつも、念のため怪我の確認でもするのかもしれない。

「ねえ、チカくん」

いつの間にか、光介が俺の隣に立っていた。

「もし僕が階段から落ちたら、ケイちゃんみたいに助けに来てくれる？」

「何だそれ」

俺は肺が空っぽになるかと思うほど息を吐くと、光介を睨み付けた。

「当たり前だろ」

「やったね、僕って愛されてる」

「人としてだよ。目の前で人が落ちれば誰だって手くらい貸す」

「あ、もう、チカくんってどうしてそう素直じゃないのかな。いいじゃん、そこは。シンプルに僕のことは何があっても助けるって言ってくれれば」

「さて、次はトイレの掃除だな」

「またそうやってごまかす～」

光介はぎゃあぎゃあとわめきながらトイレまで付いてきたから、俺は掃除道具を光介に押し付けてやった。するとさらにわめき声が大きくなったがそれは放っておいて、俺は風呂掃除に取り掛かることにした。

ジーンズの裾を折り曲げていると、トイレからゴシゴシとブラシをこする音が聞こえてきて、俺は思わず口の端を上げた。何だかんだと言いながら、光介はきちんとやることはやる男なのだ。そういうところを俺は気に入っているし、信じてもいる。

――チカくんってどうしてそう素直じゃないのかな。

ふと、ついさっき光介に言われた言葉が頭の中に蘇《よみがえ》った。確かに、俺は素直じゃないなと自分でも思う。だが、言葉にするのはどうも苦手なのだ。

シャワーの蛇口を思い切りひねると、湯が勢いよく飛び出してきて四方八方に飛沫《しぶき》が飛んだ。霧雨のような湯を顔に受けながら、俺は浴槽をくまなく濡《ぬ》らす。

リビングから慧と莉子の笑い声が聞こえてきた。あの感じだと、莉子は全く怪我もなかったのだろう。トイレからは何度も水を流す音が聞こえる。少し流し過ぎのような気もするが、さすがにそれを言うのは口うるさ過ぎるというものだ。

さて、俺たち四人、どういった関係に見えるだろうか?

俺たちは「仲の良い異性カップル二組」でも、もちろん「男女混合の仲良し四人組」でもない。俺たちは「同性カップル二組」。

さらに正確に言うと、「仲の良い異性カップル二組を演じている同性カップル二組」だ。

＊

俺たちがこんな生活を始めたのは二年程前だ。

きっかけは単純なことだった。祖父母の家に移り住んだ俺に光介が、

「一軒家なら広いよね？　ねぇ、一緒に住もうよ。家も離れちゃったし」

と、言い出した。だが、同性愛者であることを世間に隠していた俺は、正直すぐに首を縦に振ることはできなかった。

もちろん男二人が同居したくらいで世間から色眼鏡で見られるようなことはないだろうとは思った。友人とルームシェアしているとでも言えばいい。

しかし、頭ではそう考えても気持ちがどうしても納得しなかった。一緒に暮らせばいつかその状況に慣れ、ちょっとしたことで自分たちの関係がバレることもないとは言い切れないでないか……。

そんな俺のことを光介は、

「チカくんって、本当に心配性だよね～」

と、笑ったが、一緒に住むことに消極的な俺のことを責めることはなかった。

それが余計に俺を申し訳ない気持ちにさせたが、だからと言って自分の考えを変えることもできず、そんな自分に苛立《いらだ》つしかなかった。

その頃、俺は電車で二駅離れたところにある慧のカフェへたびたび通って仕事をしていた。

脚本家である俺は、都内のマンションに暮らしていた頃、外で仕事をするなんてことは一切なかった。脚本家仲間の中にはカフェやファミレスでなければ仕事がはかどらないと言う者もいたが、俺はむしろそのほうが信じられなかった。静かな家で一人、黙々とパソコンと向かい合う。腹が減れば料理をし、疲れればベッドで仮眠する。そのスタイルを崩すことなど考えられない……はずだった。

祖父母の家へ引っ越してから、俺は家で一人、仕事をすることがすっかり苦手になってしまった。静か過ぎるのだ。

都内のマンションは、静かといってもどこかに人の気配があった。マンションの共有廊下を歩く住人の気配や、道を行く自動車の音。夜になればカーテンの向こうにぼんやりと人々の生活の気配を感じた。

祖父母の家には、そういうものがなかった。昼間は、年寄りの妙に声の大きい世間話や子供のかん高い声などが聞こえることもあるが、それも立ち去ってしまえば、後に残るのは風や虫の声ばかり。夜になればなおさらだ。

とにかく、すっかり仕事のはかどらなくなってしまった俺が、慧の店へ通うようになったのは自然なことだった。客が多過ぎず、かといって少な過ぎないほど良い人の気配は、俺を落ち着かせ、筆を走らせてくれた。

何より、慧と俺は馬が合った。慧とは共通の知人を介して知り合ったが、その知人というのも俺たちと同じだったから、最初から安心して話すことができたことも大きいだろう。

俺と慧が気軽に言葉を交わすようになるまで、時間はかからなかった。

どんな話の流れだったのかは覚えていないが、慧がふと、

「親が結婚しろって言うようになって、困っちゃってるんだよね」

と言ったことがあった。その時、慧には付き合っている女性がいたが、親には自分のことを話していないと言っていたからまあそういうこともあるだろうと、その時はあまり深く受けて止めていなかった。

だが、いつ話したかも覚えていなかったこの話を、光介との同棲話《どうせいばなし》に悩むようになった俺は唐突に思い出した。そして思い付いた。

ある日、店を訪れた俺は慧に提案した。

「偽装カップルにならないか」

と……。

「何それ？　新しい脚本のネタ？」

慧は首を傾《かし》げた。俺の言った意味がよくわからなかったのだろう。

「つまり、俺と慧、俺の彼氏と慧の彼女で偽装カップルになって、ルームシェアをするんだ……」

説明しながら、自分でもあまり現実的ではないことを言っているような気がしたが、同時に妙案だという気も、どうしてかしていた。

慧は親から結婚を急《せ》かされるも自分のことをカミングアウトしていないがために困っている。光介は俺と一緒に住みたいと言っている。俺は同棲に積極的になれないが、光介の希望を叶《かな》えたいとも思っている。

「偽装カップル二組のルームシェア」なら、その全てが叶えられるのではないか。

慧は親に彼氏がいると言えるし、俺も「異性カップルの二組がルームシェア」と思えば気が楽だ。光介としては「二人で住みたい」というのが本音ではあるだろうが、とにかく一緒には住める……。

その後、俺と慧、それに光介と莉子も交えて何度か話し合った後、俺たちは四人で暮らすことにした。既に俺が住んでいた祖父母の家を改めて整理し、二階を慧と莉子のフロア、一階を俺と光介のフロアにし、風呂、トイレとキッチン、リビングルームは共有部分として使うことになった。もちろん家主である母親の了承も得た。そして、

「シェアハウスらしくさ、名前とか付けようよ」

という光介の発案の元、祖父母の家はシェアハウス「さざんか」と名付けられた。最初に引っ越してきた時、荒れた庭の中で妙に目に付いた山茶花をふと思い出して、俺が付け

た名前だった。

俺たち四人が「さざんか」に暮らし始めたのは、雪がちらちらと空を舞う寒い冬の日だった。

＊

「どうにか……終わったわね」

慧がうう―んと腕を目いっぱい上へ伸ばすと、着こんでいたジャージがめくれてちらりとヘソが見えた。隣に座っていた莉子が慌てて慧のジャージを引き下ろす。その様子に、向かいの席に並んで座っていた俺と光介はひそかに顔を見合わせ笑う。模様替えを終えた俺たちは、リビングに集まって一息ついていた。

模様替えが終わった時、外はもうすっかり夜になっていた。一階には慧の荷物が運びこまれ、二階には光介の荷物が運びこまれ、見た目だけはすっかり俺と慧、光介と莉子の部屋になっていた。あちこち掃除をしたおかげで家中もぴかぴかだ。

「これならオーナーにもバレないいんじゃない？」

「そうだな……」

腕を組んで大仰に頷く光介に、俺は深々と息を吐きながら答えた。

「しかし……今回ばかりは来客ＮＧのルールが裏目に出たな」

いくら外向けには偽装カップルを演じても、家の中では普通に俺と光介、慧と莉子でそれぞれに暮らしているのだ。実際に使っている部屋を見れば、少なくとも男だけの部屋か女だけの部屋かくらいはすぐにわかる。それは異性カップル二組のシェアハウスとしてはあまりに不自然だし、下手な言い訳をすればボロが出るかもしれない。

そういう面倒を避けるため「さざんか」では来客NGをルールにしたのだ。このルールを破る者は四人の中にはいなかったから、俺たちは安心してそれぞれの部屋を自由気ままに使っていた。

母親だって、オーナーなど結局は名ばかりだし、もともとこの家に愛着を持っていないこともあって、訪ねてくる心配はほとんどなかった。それがまさかいきなり「行くから」なんて連絡を寄こしてくるとは。

母親に家へ入られては俺たちのことがバレる……とまではいかなくても、怪しまれることはあるかもしれない。そこで、カモフラージュのための模様替えを強行したのだった。

「とにかく……手間を取らせて悪かった。今から夕飯を作る。みんなは休んでてくれ」

「やった！　僕、お腹ぺこぺこ」

光介が子供みたいに両手を上げるのを見て苦笑しながら、俺は立ち上がりざまに自分の椅子の背に引っ掛けてあったエプロンを取り上げ、キッチンへ向かった。

この家のキッチンは、「さざんか」として使うことを決めた時にリフォームをした。特別に洒落《しゃれ》ているというわけではないが、リビングと繋がったオープンキッチンで、最低限、機能面で不便さを感じることはないように気を付けた。俺の提案に乗ってくれた他の三人への、せめてもの礼のつもりだった。

だが、結局キッチンを一番使っているのは俺だった。

食事に関して「さざんか」に特別なルールはない。慧は定休日以外いつも夜まで仕事だし、バーと書店でそれぞれアルバイトをしている光介と莉子はシフト制、俺も何かと変動的なスケジュールをこなしている。当然、食事の時間もバラバラになってしまうから、各自が勝手にやるのが基本だ。

だが、予定がバラバラだからといってバラバラのままにしておくのは何となく居心地が悪かった。それは俺だけではなく、他の三人も同じだったらしい。誰が言い始めるでもなく時間の合う時は四人で集まり、夕食を取るようになった。誰が作るという決まりも作ったわけではなかったが、光介は料理に興味がないし、莉子に至っては苦手という言葉では足りないほどできない。その道のプロである慧は、

「仕事でさんざん作ってるから、それ以外で料理するのってしんどいのよ」

などと言うものだから、自然と俺が作ることが多くなった。俺も、うまいものを食べるのが好きなためか料理を作るのは嫌いではなかったから、そのことを嫌だとは思わなかった。

「時間も遅くなったし疲れたし、簡単でヘルシーで体が温まるようなものといえば……」

冷蔵庫に貼った在庫一覧のボードを眺めながら、頭の中でレシピのファイルをパラパラ

とめくる。

　ふと、きっちりと大きさも向きも揃ったボードの文字の片隅に、斜めに歪《ゆが》んだ文字があることに気が付いた。それは光介の文字で、

「コンブ……?」

　と、書かれていた。

「光介、コンブって何だ?」

　ソファでスマホをいじっていた光介に声をかけると、光介は丸くした目を俺に向けてくる。

「何?　コンブって」

「いやだから、それを俺が訊《き》いているんだ。ボードのこれ、光介が書いたんだろう」

「コンブコンブ……あっ、そうだった。忘れてた。それ、帰省土産」

「はあ?」

　確かに年末、光介は実家のある香川県に帰省していた。しかし、年が明ける前に帰ってきた時、土産なんて一言も言っていなかったではないか。そう言うと、光介は、

「忘れてた」

　と、笑った。俺が思わず眉間にしわを寄せると、

「ごめーん。棚の中に入れて、そのまま忘れちゃったんだ」

　光介はソファから身を乗り出して言ってきた。まあ、乾燥昆布なんてそう簡単に悪くな

るものでもないし、ナマモノではなかっただけ良しとするか。

「うまそうな昆布だな」

光介の言うとおり棚を開けてみると、紙袋に入れられた昆布が出てきた。「真昆布」と書かれたパッケージにでかでかと赤文字で「北海道産」と書かれているあたりがどうにも光介らしい。

「よし、今日は柚子鍋《ゆずなべ》にするか」

「柚子鍋？」

いつの間にソファを離れたのか、光介がオープンキッチンの向こう側から顔を覗かせて言った。

「何それ。柚子が入った鍋？」

「お歳暮代わりに仕事の関係者から大量の柚子をもらったんだ。どう消費するか考えてたんだが、ちょうどいいだろ」

「ていうか、帰省土産に昆布とかお歳暮に柚子とか、チカって周りからどんなふうに見られてんの？」

と、言ったのは、食卓で莉子と話しこんでいた慧だ。いつの間にか俺たちの話に聞き耳を立てていたらしい。

「菓子なんかもらうよりずっと実用的でいいと思うが」

「つまり、そういうふうに見られてるってことだね」

光介が悪戯っぽく言うのに、慧と莉子は肩を寄せ合ったまま笑った。三人分の笑い声がリビングを揺らして、俺は思わず眉根を寄せる。

「何がおかしいんだ」

言うと、笑い声はますます高くなる。俺はそれ以上言うのはあきらめ、フンと鼻を鳴らすとダンボールから柚子を次々に取り出してシンクに転がした。磨きこまれたステンレスの上を、黄色い柚子がごろごろと転がる。ふわりと立ち上がる爽やかな香りが鼻腔《びこう》をくすぐり、眉根の力もするりと抜けた。

柚子は皮ごと使うからきれいに洗わなければならない。

と、その前に……。

昆布を水に入れておかなければ。

昆布は水に入れて一晩ほど置いておくことで出汁《だし》が取れるが、今は時間がないから煮出して出汁を取ることにする。三十分ほど昆布を水に入れておいてから火にかけるのだ。俺は使いこんだ土鍋に水と昆布を入れると、コンロの上に置いた。それから、改めてシンクに転がした柚子を洗う。

冷たい水が手のひらの熱を奪いながら、指と柚子の隙間を流れ落ちていく。手のひらの冷たさといくつもの柚子を洗う動作の繰り返しに、呼吸がゆっくりになっていくような気がした。

光介たちの声を遠くに感じながら、俺は鶏肉《とりにく》に白菜、水菜、豆腐、大根、ついでに冷蔵庫に余っていたちくわも切ってざるに上げておいた。

(もう少し昆布は置いておきたい……この間にもう一品)

野菜室からキュウリを取り出し、スライサーにかける。軽く塩もみをしてから塩昆布とごま油で和えれば完成。漬物代わりにはなるだろう。

昆布もそろそろ頃合いだ。

俺は改めて腕まくりをしエプロンの紐《ひも》を締め直すと、鍋の前に立った。鍋を火にかける。チチチという音。ボンッと赤い炎が噴き出し、青い炎になる瞬間が目に鮮やかだ。

湯に黄金の色が付く。見た目も気にしながら入れた野菜に少しずつ熱が通り、葉が透け、豆腐の角が取れてくると、キッチンは空腹を刺激する柔らかな湯気に包まれた。

大根おろしを作り、薄く輪切りにした柚子を他の具材を隠すくらいたっぷりと乗せたら、柚子鍋のできあがりだ。

「めっちゃいい匂いがする〜…」

いつの間にキッチンに入ってきていたのか、光介が俺の横から鼻を突き出すように覗きこんできた。

「料理中にくっつくな。それより食卓にコンロ用意してくれ」

「もう準備したわよ」

慧の声に顔を上げると、食卓の上は一寸の隙もなく鍋の用意がされていた。料理に夢中で全く気が付かなかったが、慧と莉子が用意してくれていたらしい。後は鍋を運ぶだけだ。

俺は光介を押しのけると、鍋摑《なべつか》みをはめた手で柚子鍋を運んだ。後ろをひょこひょことカルガモの子供のように光介が付いてくる。

「柚子鍋なんて、私初めて」

「すごい柚子の香りね。見た目もインパクトあるし」

「ねえ、早く食べようよ。お腹減ったよ」

「好みでポン酢か出汁醬油、大根おろしも悪くないはずだ」

いただきます、と光介が小学生みたいに元気な声で言った。それを合図にしたかのように俺たちは鍋をつつき始める。

「すごいさっぱり。大根おろしも合うわね」

「大根おろしプラスポン酢もうまいよ。鶏肉もぷりっぷりでいいねー」

食卓に踊る言葉に、俺は豆腐に息を吹きかけながらひそかに口の端を上げた。

鍋を囲む時、人と人の距離感が縮んだように感じることがある。同じ釜の飯という言葉もあるように、同じ鍋で同じものを食べるということは人に特別な感情を抱かせるものなのかもしれない。

だが俺は、それは逆ではないかと思う。鍋をする時の温かな湯気。温もりを求めるように鍋を覗きこむうち、自然と肩と肩が触れ合う。そんな距離感が嫌ではない相手だからこそ鍋は楽しい。そもそもその距離感を許せない相手とは、鍋を囲む気にはなれないのだから。

「ねえ、チカくん。締めはうどん？　雑炊？」

隣に座る光介が空っぽになった取り皿に鶏肉をたっぷりおかわりしながら言った。俺は黙ってその皿に白菜と水菜を上乗せしながら、

「雑炊」

と、答えた。

＊

雨戸を開けると、土の匂いがむわりと立ち昇ってきた。そういえば昨夜遅く、寝ぼけた頭の向こう側に雨音を聞いた気がする。

「せっかく掃除したのに……」

と、思ったが、それも雨上がりの庭を見てすぐに思い直した。朝の光を受けた雨粒はガラスの破片のようにきらきらと輝き、身支度を整えた庭に化粧を施したかのようだった。

束の間、見とれた。

だが、体をくすぐる冷気に思わず身震いをして我に返り、急いで窓を閉めた。祖父のタンスから発掘した半纏《はんてん》と、簡易ヒーターを持ち出し、縁側に座りこむ。

どれくらいそうしていたか。庭の陰影が薄くなってきた頃……。

「雨上がりの庭も、きれいだね……」

背後からあくび混じりの声が聞こえてきたかと思うと、隣にだるまのような塊が落ちてきた。顔を向けた俺は、深々と息を吐く。

「何だ、その格好……」

光介は掛布団を頭からすっぽりと被っていたのだ。

「だって寒いし……チカくん、寒くないの？」

「だからヒーターも置いているだろ」

言うと、光介はやっと気が付いたとばかりにヒーターの前に陣取った。しばらくそうして動かなかったが、ややあって、

「チカくんって、この庭のこと好きだよね……」

半分寝ているようなふやけた声で言う。

「いや、庭っていうか……家かな？　この家のこと好きだよね。わざわざ都内のマンションから移り住むくらいだし」

「……そりゃ、嫌いじゃない」

俺はヒーターのせいで曇り始めていた窓ガラスに手を滑らせた。窓にできた透明な水溜まりの中から見る庭には、朝の光が溜まり始めている。きらきらと輝いていた雨粒は、今はもうあまり見えない。

祖父母が生きていた頃、池にはちゃんと水が張ってあって、亀が泳いでいた。掃除はもちろん庭木の剪定《せんてい》もきちんと行われ、石灯篭も今のように苔《こけ》などなく、磨きこまれていた。

山茶花も、今より生き生きとしていたような気がする。

そんな庭を、祖父母は今の俺たちと同じように縁側から眺めていた。

*

瞼《まぶた》を透かす明かりに目を開けると、霞《かす》んだ視界の向こうに、祖父の背があった。畳の香りが鼻をつく。僅かに頭を動かすと、右の頬がチリチリと痛んだ。よっぽど長く寝てしまっていたらしい。腰の辺りには薄いタオルケットがかけられていた。

おじいちゃん、と声をかけようとして、思い直した。開けかけた口を閉じ、再び頭を畳みの上に転がす。

蟬《せみ》の鳴き声がやたらと大きく聞こえた。開け放された障子の向こう、夏の光を受けた庭はきらきらと輝き、それを縁側に腰かけた祖父がぼんやりと眺めている。光の塊の中で、祖父の背は切り絵のように浮かび上がって見えた。

「起きたのか？」

祖父がふり向かないまま言った。俺はついびくりと肩を震わせたが、寝転がったまま「うん」と答えた。祖父も、やっぱりふり向かない。蟬の鳴き声の隙間を縫うように、風鈴の音が聞こえてきた。

「ずいぶん、寝てたな」

「まあ……」

中学生になって二度目の夏休みに入っていた俺は、一人で祖父母の家に滞在していた。もう少し正確に言うと、最初は家族で帰省していたのだが、俺の希望で一人、家族が帰った後も滞在し続けていたのだ。

どうしてそうしたかったのか、理由は簡単だ。祖父母の家では、よく眠ることができるからだ。あまりにも昼寝ばかりしているから、そんなに多忙な生活をしているのかと祖父母に心配されるほどだった。もちろん俺は、通常の中学生として生活する以上に忙しい生活なんかしていない。

「お前は、寝てばっかりいるな」

この時も、祖父は呆れたような口調で言った。俺はもう一度「まあ」とだけ答えて、遠慮もせずに大あくびをした。

眠れる理由はわかっていた。

中学生になって、俺ははっきりと自分の性的指向について自覚をするようになった。しかし、それを誰にも言うことができず、友人はもちろん家族に対しても壁を作るようになった。

誰にも言えない、いや、知られたくない秘密を抱えるということは、無意識に性格を攻撃的にするのかもしれない。もともと優秀な兄二人と比べられることに嫌気が差していたこともあって、俺は常にイライラして、家族とはほとんど口もきかなくなっていた。家でも学校でも常に体のどこかが緊張していた。

だが、祖父母の家では不思議と、そんな緊張が解れる気がした。

祖父は娘――つまり、俺の母親と、あまり折り合いが良くなかった。はっきりそう聞かされたわけではないが、子供心にもそういう空気というのはわかるものだ。そのせいで俺たちが祖父母の家を訪ねるのは年に一度か二度程度だったが、俺は何よりもその日を楽しみにしていた。それほど、祖父母の家は心地良かった。

緊張しないから心地良い。心地良いからよく眠れる……しかし、どうして緊張しないのか、それはよくわからなかった。

「なあ、克哉《かつちか》。お前、何か悩みがあるのか」

不意に、祖父が言った。揺らぐ光と扇風機の風の気持ち良さに再びウトウトし始めていた俺は、まだぼんやりとしたまま頭を持ち上げた。俺が黙っていると、ややあって祖父はもう一度、言葉を重ねた。

「悩み……というのは違うかもしれないな。何か、隠し事でもしているんじゃないか?」

「え……何で?」

頭にかかっていた霞がサァと音を立てて消えていったようだ。俺は上半身を起こすと、祖父の背をじっと見つめた。祖父は僅かに背中を揺らしながら、少しだけ言葉を軽くして言った。

「隠し事を見抜くのが、俺の仕事だからな」

祖父は刑事だ。確かに、刑事ほど嘘《うそ》を見抜き、暴くことをメインにする職業はないのではないだろうか。俺は眉をひそめ、祖父の背中を睨んだ。祖父はふり返らないままだ。しかし、祖父に近寄りその目を覗く勇気は、俺にはなかった。

「まあ、仕事以外で人様の秘密を暴く趣味はない。克哉が言いたくないなら言わなくていいが」

「……うん」

「こんな仕事をしていると、いろいろな嘘を聞く。人を傷つけたり騙《だま》したりする嘘はもちろんダメだ。だが、嘘というのはそれだけじゃあ、ない。必要な嘘、優しい嘘、悲しい嘘……嘘にはいろいろある。だから、嘘を吐くということが総じて悪いとは、俺には言えない。何が正しく何が悪いのか、簡単にシロクロは付けられない。刑事としては、こんなこと言ってはいけないのだろうが……疑う職業だからこそ思うんだよ。人間というのは、そう単純なものじゃあ、ない。だが、どんな嘘でもな、嘘は重いんだ。そして、その重たい嘘を背負うのは、嘘を吐いている者自身なんだ。だから……」

祖父の声は、淡々と、凪《な》いだ海のように静かだった。淡々とし過ぎて、途中で祖父は一体誰と話しているのだろうかと思ったくらいだ。

だからだろうか。普段だったら説教とかアドバイスとか、そういう匂いを感じたら反射的に拒絶したくなるのに、この時は不思議なくらいストンと祖父の言葉が胸に落ちてきた。同時に、俺が祖父母の家に感じている心地良さの正体がわかった。

祖父母は俺の気持ちをそっとすくい上げながらも、何かを言ってくることがなかったからだ。後になって思えば、祖父はもしかしたら俺が何を抱えているのか気が付いていたのかもしれなかった。それでも祖父が、俺に対してはもちろん祖母や母親に対して何かを言った様子はなかった。それが嬉しかった。

理解してくれているのかもしれないという期待と、何も言わないでいてくれるという安心感。矛盾する二つの気持ちを、祖父や祖母は両方とも満たしてくれていた。

「おじいちゃん」

俺は再び畳に背中を投げ出すと、大の字になって天井に顔を向けた。シミだらけの古い天井に浮かぶランプシェードが、夏の光の中でクラゲのようにゆらゆらと揺れている。

「俺、この家好きだな」

「そうか。だが、夏休み終わったら帰るんだぞ」

「わかってるよ……てか、今それ言わなくてよくない？」

せっかく恥を忍んで祖父が喜びそうなことを言ったのにと八つ当たり気味に思い、俺は祖父に背を向けた。

だから、その言葉は少し、遠くに聞こえてしまった。

「お前だけの正しさを見つけなさい、克哉」

その言葉は、目を閉じて再び寝る態勢に入っていた俺の耳にそっと入りこんだ。

それから月日が経《た》ち、大学進学のために上京した俺は、一人でたびたび祖父母を訪ねるようになった。

その頃になると祖父は定年で警察官を退官していて、日がな一日、映画やドラマを見て過ごしていた。

最初は、仕事一筋で趣味の一つもなかった祖父が、ポップコーンを片手に『山猫は眠らない』やら『影の軍団』やら、次々にＤＶＤを再生している姿に違和感を覚えたものだったが、たまに俺も一緒に見るようになり、そのことが脚本に興味を持つ一因にもなった。

しかし、社会人になり仕事が多忙になると、少しずつこの家から足が遠のいて行った。

祖母が先に亡くなり、数年後に祖父が亡くなり、残された家を壊すと母親から聞かされた時、反射的に、

「壊したくない」

と、思ったが、同時に調子の良い考えだろうかとも思った。多忙を理由に寄りつかなくなったくせに、いざ無くなると聞いたらすがりつくなんて。

それでも、やはり壊したくなかった。調子が良くても都合が良くても構わない。それに壊したり売ったりは後からいつでもできるではないか。母親は「いつまでも空き家にしておくわけにはいかない」と言った。だったら、俺が住めばいい。

そうして、俺は母親から借りる形でこの家へ移り住み、しばらくして家はシェアハウス「さざんか」になった。

＊

突然、バンッと激しい音がして、俺は我に返った。

慌てて音のしたほうへ顔を向けると、布団に包まったままの光介が額を抱えて唸《うな》っていた。どうやらヒーターと布団の温もりにうつらうつらと舟を漕いでいたところ、バランスを崩して窓ガラスに突っこんだらしい。幸い窓ガラスは割れなかったが……。

「気を付けろよ。割れたらどうするんだ」

「僕よりガラスの心配？　薄情者〜」

「割れたらシャレにならないって言ってるんだ。ガラスに突っこんで死ぬこともあるんだぞ」

「あ、やっぱり心配してくれるんだ」

「もういい」

俺は勢いをつけて立ち上がると、一気に窓を開け放った。途端、冷たい空気が待ち構えていたかのように流れこんでくる。

「ちょ、寒いよ！」

「ちょっとは目が覚めるだろ。その布団もいい加減片付けろ、だらしない」

「やだよ。チカくんが窓なんか開けるから、余計に出られなくなったね」

唇を尖らせてそっぽを向く光介に「子供か」とツッコミを入れつつ、俺は光介の布団を摑《つか》むと思い切り引っ張った。布団にしがみつく光介の力など、筋トレが趣味の俺からすれば抵抗のうちにも入らない。

「ああそんな、ご無体な」

「無体なんて言葉、光介が知ってるとは思わなかったよ」

布団を失った光介は、ヒーターを抱えて部屋へ逃げて行った。俺はその場で掛布団をきっちり三つ折りにし、抱え上げる。そういえば、そろそろ布団を干したい。今日はこのまま晴れが続くのだろうか。

庭へ目をやると、寒々とした冬の庭が朝の光に包まれていた。庭はまだ濡れているが、さらりとした青色の空には雲一つ見えない。

ふと、風鈴の音が聞こえた気がした。

今は冬だ。もちろん風鈴なんてかけていない。だから気のせいに違いないのだが、その音の中に祖父の声が混じっているような気がした。

——お前だけの正しさを見つけなさい。

正しさとは何だろうか、と思う。

今の生活は、言ってみれば嘘の生活だ。家族や世間の目をごまかしながら暮らしていることは事実なのだから。だが、嘘だからといってこの生活が間違いだとは思っていない。

しかし、

（正しいかどうかも、わからない）

世間には「ありのまま」という言葉が溢《あふ》れている。それはたぶん正しいことなのだろう。だが、正しいことが全ての人間に平穏をもたらすのだろうか。

「……ありのままでいることが、必ずしも幸せとは限らないんだ」

つい口に出すと、部屋でヒーターの前で猫のように丸くなっている光介が、とろんとした目を向けてきた。

「何か言った？」

「何でもない」

俺は布団を抱え直すと、部屋に戻った。時計を見ると七時を過ぎている。ずいぶんとぼんやりしてしまったらしい。そろそろ行動を開始しなければ。今日は忙しい。

「ねぇ、オーナーは何時ごろに来るんだっけ？」

ヒーターの前から離れようとしない光介を足で小突きながら、抱えていた布団を押し入れに入れる。

「昼過ぎだと聞いているが……」

布団のシワを伸ばしながら答えるが、ふともう一度確認する気になって、デスクで充電していたスマホを取り上げた。すると、メールが一通届いていた。母親だ。開いてみて、思わず眉間にしわを寄せる。

「どうしたの？」

俺の様子に気が付いたのか、光介が後ろから覗きこんできた。それを押し返しながら、メールの内容を口にする。

「やっぱり今日は行かない、だそうだ」

「え？　オーナー？」

「急に腹痛を起こした友達の代わりにコンサートに行くことになったんだそうだ。まったく、こっちがどれだけ大変だったと……」

思わず舌打ちをして言うと、光介は少し何かを考えるような素振りを見せていたが、パッと笑顔になると俺の背中をバンバンと叩いてきた。

「ま、良かったじゃない。本当は来てほしくなかったんだからさ」

「そりゃそうだが……」

「それに、年末はチカくんもケイちゃんも忙しくてろくに大掃除できなかったから、ちょうど良かったんじゃないの？」

「お前だっていなかったじゃないか」

「あ、そうか」

「まったく……」

喉を鉄砲水のような息が通り、外に吐き出される。何だかひどく体が重たくなったような気がして、スマホを手にしたまま、まだ敷きっぱなしの布団の上にあぐらをかいた。

「気まぐれも大概にしてほしいものだな」

「まあまあ、急病と気まぐれがよく起こる年齢なんだよ。僕、ケイちゃんとリコちゃんにも言ってくる」

部屋を飛び出した数秒後、妙に間延びした足音が聞こえてきた。おそらく階段を一段飛ばしに上っているのだろう。

光介の足音を聞きながら、俺は手にしたままのスマホに目を落とした。既に真っ暗になった画面には、眉間にしわを寄せたままの俺の顔が映りこんでいる。その顔を見た途端、自然とため息が漏れた。

どうしてこう振り回されなければならないんだ。

思うが、その原因がそもそも自分たちの偽装カップル生活にあることに気が付いて、情けないような腹立たしいような気持ちになる。俺は眉間のしわを溶かすように指で揉《も》み解《ほぐ》した。

嘘を吐いて暮らしている人間なんて、世の中にはごまんといる。いや、嘘とまでは言わなくても、仕事モードだとかプライベートモードだとか、人間誰しもいろいろな仮面を被って生きているものだ。

そうやって自分を守っているのだ。人を傷つける嘘ならいざしらず、自分を守るために嘘を吐いて何が悪いというのか。

俺は布団から立ち上がると、スマホをデスクの充電スペースに置き、残りの布団を片付けにかかった。開け放した窓からひんやりとした空気が流れこんできて思わず身を震わせる。「さざんか」の年季の入り具合を嫌だと思ったことはないが、夏は涼しく冬は寒いのはやはり難点だと思う。

それでも、朝の空気というのは嫌いじゃない。

俺は残りの布団を全てきっちり押し入れに入れた後で、そういえば布団を干そうと考えていたことを思い出した。しまったと思うが、しかたない……。

俺はゆっくりと息を吐くと、そろそろ窓を閉めようと再び縁側に出た。ガタガタと音の鳴る窓を閉めながら、目の端で庭を見る。

ありのままであることが幸せとは限らない。その証拠に、この生活を悪くないと思っている自分がいる。さっきまで粟立《あわだ》っていた気持ちが、冬の冷気に洗われてすぅと落ち着いていくのがわかる。

今年も平穏に過ごせたらいい。この「さざんか」で。

思ってから、また人生を区切ってしまったことに気付いて、俺はつい苦笑した。

# 二話　隣の席とレモンケーキ

カーテンを開けると、水彩画のような淡い空が目に落ちてきた。

透明感のある水色の空に輪郭の溶けた雲を見上げていると、足元がふわふわと浮き上がってくるような気がする。

今日は久しぶりに、慧《けい》ちゃんとデートだ。

自分でカフェを開いている慧ちゃんは毎日朝から晩まで忙しく働いている。週に一日、水曜日はお店の定休日だけど、ぐったりと疲れて眠る慧ちゃんを見たら、とてもどこかへ出かけようなんて言う気にはなれない。

だから、「さざんか」に引っ越して、一緒に暮らせるようになった時は、とても嬉《うれ》しかった。アルバイト帰りにカフェに行ってぼんやりと慧ちゃんの働く姿を眺めることも、休みの日にどちらかの家で過ごすことも、嫌だなんて思ったことは一度もなかったけど、一緒に住んでいれば慧ちゃんがどんなに遅くに帰ってきても「おかえり」と迎えてあげることができるし、休日に出かけることはできなくても、毎日一緒に眠ることはできる。

それだけでも、毎日とても幸せだけど。

窓の外に向けていた視線を後ろに転じる。畳の上に敷いた布団の上では、慧ちゃんが健やかな寝息を立てている。僅《わず》かに震えるその瞼に引き寄せられるように、私はそっと慧ちゃんに向かって手を伸ばした。ばっさりと短く切った髪。それでもはっきりとわかるまっすぐな髪は、慧ちゃんの性格をそのまま写し取っているかのようだ。

枕元に置いた目覚まし時計を見ると、七時を少し過ぎたところだった。

もう少し寝かせておいてあげようと思い、そっと髪に絡めていた手を引く。

出かけるのは十時過ぎだから、身支度の時間を入れてもまだ少しは大丈夫だろう。

ふと、冷たい空気に肩が震えた。そういえば鼻の頭がすごく冷たい。私は抜け殻になっていた布団に再び潜りこんだ。

より近くなった慧ちゃんの顔を見ながら、頭の中で今日着て行く服を考える。昨日の夜も眠る前にずっと考えていたけれど、結局まだ決まっていないのだ。

三月になって少し暖かくはなってきたが、やはりまだ肌寒い。しかし、あんまりモコモコした服はもうおかしいだろう。

そんなことを考えているうち、姿を消していたはずの睡魔がひょっこりと戻ってきた。

私は布団の温もりと慧ちゃんの寝息に手招きされるように、再び眠りの淵《ふち》の中へ落ちていった。

*

「あれ。リコちゃん、お出かけ？」

あれこれと悩んだ末に選んだピンクのスカートとグレーのニットに身を包み階段を下りると、パジャマ姿の光介《こうすけ》くんと鉢合わせた。ボサボサ髪に寝ぼけ眼《まなこ》なところを見ると、起き抜けなのだろう。光介くんは夕方から夜にかけてバーでアルバイトをしているから、仕事の翌朝はいつも遅い。今みたいに十時前に起きているのはむしろ早いほうだ。

「うん、慧ちゃんと……」

出かけるの、と伝えるつもりだった言葉は、追いかけてきた足音に遮られた。軽やかな足取りで階段を下りてきた慧ちゃんは、私の肩の上からひょっこり顔を出すと、

「今日は早いじゃない？　いつも昼くらいまで寝てるのに」

と、光介くんに言った。光介くんは「でしょー？」となぜか得意げに胸を張る。

くるくるとよく動く表情にあちこちにはねている癖毛。光介くんを見ていると、子供の頃に近所で飼われていたゴールデン・レトリーバーを思い出す。いたずら好きで無邪気で、ちょっとわがままなところも愛嬌《あいきょう》のうちで、誰にも好かれる人気者。

「いい天気だからさ、チカくんと出かけようかなって。チカくん、見なかった？　部屋にいないんだけど」

光介くんが言うのに、慧ちゃんは小さく首を傾《かし》げる。

「確か今日は締め切り前で忙しいって言ってたわよ」

「え？　そんなの聞いてない……」

「いちいち言う義務はないだろう」

そう言ったのは、リビングから出てきたチカさんだ。ベージュのセーターの上にどこか懐かしさを感じる古い半纏《はんてん》を着こんだチカさんの手には、湯気の立つマグカップが握られていた。廊下の冷たい空気の上を滑るようにコーヒーの香りが漂ってくる。

「チカくん、今日忙しいの？」

ぴょこぴょこと髪を揺らしながら光介くんがチカさんに寄って行く。まるで飼い主にじゃれる仔犬《こいぬ》みたいだ。

「ああ、まあ」

「何だ。それならもっと寝てれば良かった」

「二度寝でもしてろ」

「でも、もう目覚めちゃったし。あーあ、もったいないことしたな」

「それならコウも一緒に行く？　スイーツビュッフェ」

「え？」

と、思わず言ってしまって私は慌てて口を閉じた。急いで慧ちゃんと光介くんを見るが、二人に変わった様子はなくて、ホッと胸を撫《な》で下ろす。だが、心の中はとても穏やかではなくて、私は黒のスキニーパンツにオーバーサイズのシャツを着た慧ちゃんの横顔を見つめた。慧ちゃんは私の視線には気が付いていないようで、手にしていたキャップを被りながら言う。

「これから行くんだけど、コウ甘いもの好きでしょ。ついでに意見を聞かせてよ」

「意見？」

「今日は視察なの。カフェで新作スイーツを出したいから」

「おい、慧……」

と、言いかけたのはチカさんだ。しかし、チカさんがそれ以上言うよりも早く、

「いいの？　行く行く！」

光介くんのはしゃいだ声を聞いて、私はずんと胃が重たくなるのを感じた。

（だって今日は……）

二人で出かけるのでしょう、と喉まで上ってきた言葉を、私はどうにか飲みこむ。

「待ってて。五分で準備するから」

光介くんはつむじ風のような勢いで部屋に飛びこんで行ってしまった。広い交差点の真ん中に取り残されてしまったような気分でぼんやりとしていると、

「リコ、バスの時間ってまだ平気よね？」

慧ちゃんがバッグからスマホを取り出しながら言った。

「この辺って一本逃すと次は三十分後とかだったりするもんね……ああ、やっぱり。ほら」

ずいと目の前に差し出されたスマホに表示されたバスの時刻表。スカスカの数字が表すのはこの場所の時間の流れだ。

「でも、フェアは夜までやってるし、焦らなくても大丈夫じゃないかな」

私が言うと、慧ちゃんは「それもそうだね」と笑った。その笑顔を見て、私は再び胃が重くなるのを感じた。ふと顔を上げると、廊下の向こうにいるチカさんと目が合った。チカさんは肩をすくめると、深々とため息を吐く。私は急に耳が熱くなるのを感じて、慌てて目を逸《そ》らした。

＊

バスと電車を乗り継ぎ、約一時間。

ぽつぽつと残っていた畑が家になり、屋根の低い住宅が店になりビルになる。そんな車窓の風景を光介くんや慧ちゃんとの会話の間に眺めているうちに、喉に小骨が引っかかったような気持ちもいつの間にか落ち着いて、スイーツビュッフェに着いた時には、私はもう甘い香りと所狭しと並べられたスイーツにすっかり心奪われていた。

「わあっ……すごいね、慧ちゃん」

「確かに。なかなか壮観」

ケーキ、プリン、タルト、マカロン、シュークリーム、エクレア、アイスクリームに和菓子まで、多種多様なスイーツがずらりと並べられたテーブル。テーブルの向こうはオープンキッチンになっていて、パティシエたちが生クリームを絞ったりフルーツやケーキをカットしたり、忙しく動き回っている。

ピンクと白の壁に、さりげなく飾られた絵や観葉植物。丸い月のようなランプシェードに、外の光をいっぱいに取りこむ大きな窓。私は心が躍るのを感じた。

「それじゃさっそく。いただきます」

慧ちゃんはまるで武道の試合が始まるかのように勢いよく手を合わせると、お皿に隙間なく並べて持ってきたスイーツを次々に食べ始めた。

「これ全部食べるの？　大丈夫なの、ケイちゃん」

光介くんがそう言うのも無理はない。わずかの隙間もなくスイーツを盛ったお皿は、全部で四つ。ずらりとテーブルに並べられている。

「大丈夫よ。胃薬持ってきたから」

「そういう問題かなあ」

「新作スイーツのためだからね。二人は私のこと気にしないで、ゆっくり食べて」

言うなり慧ちゃんはお皿の横にノートを広げ、もぐもぐと口を動かしながらスマホとメモを取り出した。スイーツの写真を撮り、デザインや味の感想をメモする。連写する音が響いて、隣の客がちらちらとこちらを見る。私は少しだけ首の後ろが熱くなるのを感じたけれど……。

「いつもこういうことしてるの？　ケイちゃんって」

「そうだね。前にランチ行った時もいろいろメモしてたよ」

笑って答えることできてホッと胸を撫で下ろす。すると口の筋肉が緩み、自然と次の言葉が出てきた。

「実はね、カフェのお客さんにデザートが古くさいって言われちゃったんだって。それでいつも以上に気合が入ってるの」

「へえ、ケイちゃんって本当負けん気が強いね。ま、いいや」

光介くんはぱっと顔を上げるとスプーンを手に取る。

「僕たちも食べよ。時間なくなっちゃうし」

「うん」

頷《うなず》くと、私もスプーンを手に取った。四角いテーブル席で、私と光介くんが並んで座り、向かいには慧ちゃんが座っている。慧ちゃんがいくつものお皿とノートで二人分のスペースを取っているから自然とこの並びになったけど、今の私たちは周りからどういう関係に見られているのだろう。

だが、そんな思いも、口に運んだレアチーズムースの中からじゅわりと出てきた甘い苺《いちご》のジュレにあっという間にかき消された。ふわふわのムースと果実感の残る甘酸《あまず》っぱいジュレ。口から鼻に抜ける苺の香り。思わず頬に手を当ててると、隣に座る光介くんが、

「おいしいね」

と、満面の笑みを向けてきた。見ると、光介くんの手にも同じムースがある。思わずコクコクと勢いよく頷くと、光介くんは小さく声を上げて笑った。

「何、その動き。リコちゃんって本当かわいいね」

「えっ……」

「あれ？ 何でそんなどん引きした顔するの？」

「あ、ううん。ごめんね。だってその……かわいいなんてあんまり言われたことないから」

「ええ？ そんなことないでしょ」

「そんなことあるよ。私って見た目も趣味も地味系に見られるし、自分でもそう思ってるし……」

「じゃあ、それは周りの見る目がないんだ。僕からしてみれば、リコちゃんってかわいいポイントがいくつもあるよ。かわいいもの見て目をきらきらさせるところとか、甘い物食べて幸せそうな顔するところとか。あとね」

「い、いいいっ！ もういい！ 恥ずかしいからそれ以上言わないで」

「あ、そうやって恥ずかしがるところもかわいい」

「やめてってば。もう……」

私はすっかり熱くなった耳や首を隠すように背中を丸めると、残っていたムースを一気に食べ終え、お皿に盛っている苺のバームクーヘンに取り掛かった。

ほんのりとピンクに色付いたバームクーヘンは、口に入れるとしっとりとした生地がほろほろと崩れ、苺の香りが優しく広がった。手にすっぽりとおさまるくらいのコロンとした見た目、甘く優しい香りは、きっと女性向けを想定して作られたものだろう。

実際、周りを見れば店内にいるのはほとんど女性で、ちらほらといる男性も多くは女性と一緒に来ているらしい人たちだ。

ここへ来た時、私はきらきらの内装にも宝石のようなかわいいスイーツにも心が躍った。例えばこれらが、モノトーンの落ち着いた内装で、見た目より味重視のシンプルなスイーツだったら、私の心はあそこまで軽やかに踊っただろうか。

私は、女の子向けに作られたものに対して、きっと正しい反応をしている。

「……私って、やっぱり『女の子』なんだなあ」

言葉が手を滑らせたようにこぼれ落ちて、私は慌てて口を閉じた。むせたふりをして小さく咳きこむと、光介くんが「大丈夫？」と水を差し出してくれた。今の言葉が聞こえたのかどうかはわからなかったけど、何も言ってこないことに少しだけ安堵《あんど》する。

水を飲みながら、グラス越しに見る慧ちゃんは、周りの音など一切排除したかのようにスイーツを口に運び、ノートを取っている。慧ちゃんにも、今の私の呟《つぶや》きは届かなっただろう。

私は残りのバームクーヘンを口に入れた。

（……おいしい）

おいしいものをおいしいと思うくらい当たり前のことのように、私はどうしようもなく『女の子』なのだ。

＊

いっそ男の子に生まれてきたら……と何度思ったことか。

自分はおかしいのかもしれない。

そんな恐怖を初めて抱いたのは小学五年生の頃。

三組の誰がかっこいい、サッカークラブのあの子がいい、付き合うなら芸能人の誰それみたいな人がいい……クラスの女の子たちがそんな話で盛り上がるようになると、私はただただ戸惑うしかなかった。女の子たちの言う「あの子」は、みんな男の子だったから。

かっこいいなとか素敵だなとか、そう思う気持ちがわからなかったわけではない。私も彼女たちのような気持ちを抱くことは確かにあったのだけど、その対象は全て女の子だった。

だが、それを気軽に口にしてはいけないと咄嗟《とっさ》に思った。後になって思えば、それは子供なりの身を守る本能のようなものだったのかもしれない。みんなと違うことを言えば仲間外れにされる……そんなことを無意識のうちに考えたのかもしれなかった。

でも、みんなと違うという不安は、小学五年生の私が一人で抱えきれるものではなかった。

私は仲の良かった二つ上の姉に自分の気持ちを打ち明けた。すると姉は深刻な顔をして言ったのだ。

「それはビョーキだよ、莉子《りこ》」

*

「あの、ケイさん、リコさん。僕、大変なことに気が付いてしまいました……」

ビュッフェの制限時間である九十分の間にこれでもかとスイーツを食べ、満足感と達成感で風船のように膨らんだお腹《なか》をさすっていた私と慧ちゃんは、急に姿勢を正した光介くんに顔を見合わせた。

「何？　いきなり……」

「あの……」

俯《うつむ》く光介くんの隣で、私は生唾を飲みこむ。

「ごめんなさい！　さっ、財布を忘れました！」

空気を切る音が聞こえそうなくらい勢いよく頭を下げる光介くんに、私と慧ちゃんはぽかんと口を開けたまま、数秒間、瞬きを繰り返した。

沈黙を破ったのは、慧ちゃんの笑い声だった。その大きな声に私は思わず「声大きいよ」と慧ちゃんの腕を引いたが、私自身も肩が震えるのを止められなかったから、あまり説得力はなかったかもしれない。

「何それ。そんなことなの？　深刻な顔をして言うからほんと、何が起きたのかと思ったわ……ふふっ」

だが、そんな私たちに、光介くんは不満そうに口をへの字に曲げる。

「何で笑うのさ。お金ないのにこんなに食べちゃって。大変な事態なんだよ、これは」

「本当に無一文ならね。いいわよ、私が立て替えとく」

「え、でもそれ、ケイちゃん大丈夫？　足りる？」

「足りるわよ、それくらい。別に奢《おご》るって言ってるわけじゃないからね。後で返してもらうから」

「わあ〜、地獄に仏！　ケイちゃん、ありがとう！」

言葉どおり仏様を拝むように手を合わせる光介くんに、慧ちゃんは再び盛大に吹き出した。私も口に手を押し当てたまま笑っていたが、ふと、目を閉じて手を合わせる光介くんの前のグラスにまだ水が残っていることに気が付いて慌てて自分の方へ引き寄せた。

店を出ると、ビルとビルの隙間に見える空はからりと晴れていた。

店に入った時はランチ休憩中らしいお財布を裸のまま持っている人たちをあちこちに見かけたが、今は買い物バッグを持ったり電話をしながら足早に歩いて行ったりする人たちのほうが多い。

「はあ、笑ったらいい具合にお腹がこなれたわ」

「ごちそうさまでした」

「だから奢ってないって。帰ったら返してよ」

「もちろんです、隊長」

おどけた顔で敬礼をする光介くんを前に笑いながら、私はちらちらと慧ちゃんを見た。

まだ陽は高い。せっかく都心に出てきたのだし、このまままっすぐ帰るというのはやはり少し寂しい。ショッピングでも街を歩くだけでも、慧ちゃんとの休日をもう少し楽しみたかった。

(腹ごなしに少し歩こうって、誘ってみようかな? 大丈夫だよね、それくらい……)

慧ちゃんを誘う時はいつも少し緊張する。他の人よりもずっと深い付き合いをしているはずなのに、そうなればなるほど他の人に対してはできることができなくなってしまった。

(一緒に行こうって)

そんなささやかなことさえお腹に力をこめなければ言葉にできない。

(よ、よし、言おう。言うぞ……!)

ひそかに拳を握りしめ、ぐっと力を入れた目を慧ちゃんに向ける。しかし開きかけた口から声が出るよりも早く、

「ねぇリコ、私このまま店に行ってもいいかな」

慧ちゃんが言った。出しそびれた言葉を喉の奥に押し戻して、私は探るように、ゆっくりと頷く。

「いいけど、今日は定休日だよね……?」

「記憶が新しいうちに試作品をつくってみたくて。いろいろアイディアも浮かんだし」

「そっか……うん、わかった。じゃあ、私も一緒に行くよ。いつもみたいに試作品の味見するよ」

「いいよ。味見は確かにしてもらいたいところだけど、ビュッフェであれだけ食べたんだもん。お腹いっぱいでもう入らないでしょ？」

「それは、まあそうだけど……」

「せっかく都心に来たんだからリコは買い物とかしていってよ。新しい服ほしいって言ってたじゃない？　コウ、時間あるならリコに付き合ってあげて」

「隊長の仰せのままに」

「それやめてよ」

　慧ちゃんは笑いながら光介くんの背中をバンと叩《たた》くと、「じゃあお先に」と言うなり踵《きびす》を返して行ってしまった。去り際に振った手の残像さえ感じる素早さに、私は半ば呆気《あっけ》に取られ、何も言えないまま慧ちゃんを見送ってしまった。光介くんに肩を突かれるのを感じたが、私は気が付かないふりをして慧ちゃんの姿を隠した人混みを睨《にら》み付ける。

　どうして、こんなふうになってしまうのだろう。

　確かに私は消極的で口下手で、自分の気持ちすらうまく伝えることができない。自分でもうまく伝えられないものを相手に気が付いてほしいなんて言うのは私のわがままかもしれない。でも、少しくらい気が付いてくれてもいいのにと、どうしても思ってしまう。

いや、私の気持ちに気が付いてほしいというのは少し違う。ただ、私は今日をとても楽しみにしていた。朝早く目覚めてしまうなんて子供のようだけど、それくらいに浮かれていた。だけど慧ちゃんにとっての今日は、私と過ごすための日ではなく、新作スイーツのための視察でしかなかった。そう思うと、お腹の奥がきゅうと縮み、熱がじわじわと体中に広がっていくような気がした。

この熱は、一体どこから生まれてくるのだろう……？

「リコちゃん、どこ行く？　僕、どこでも付き合うよ」

「じゃあ……ちょっと待って、歩かない？」

「歩く？　あ、ちょっと待って、リコちゃん」

私は慧ちゃんの消えた人混みに背を向けると、そのまま歩き出した。目的地なんてない。ただ、歩くのだ。お腹がぺこぺこに空《す》いて、熱が空っぽになるまで。

＊

私のことを「ビョーキ」だと言った姉は、それを両親にも伝えてしまった。

誰にも言えないと思う中で唯一打ち明けた相手だっただけに、その時の私にとって姉の行為は裏切りにしか見えなかった。

思えば、このことが、私が家族に対して壁を作るようになったきっかけだった。

姉が両親に打ち明けたのは、妹が病気かもしれないという優しさや心配だったのかもしれないと、今なら思う。だけど、当時の私にとってそれは最悪な展開の始まりでしかなかった。

両親は、私を病院に連れて行った。性同一性障害の診断ができる病院だ。そこのお医者さんは短く切った灰色の髪と真っ黒な深い目が印象的な初老のおじさんだった。お医者さんは深い海のような目を私に向けて、わかりにくい私の話を丁寧に聞いてくれた。そして、理解してくれた。

話を聞き終えたお医者さんは両親に向かって、静かに言った。

「相手が異性でも同性でも人を好きになるという意味では何も違うことはありません。お嬢さんは病気ではないし、おかしいこともない。病気でないのだから、もちろん治療も必要ありません」

お医者さんが微笑みながらそう言ってくれた時、私はぽかんと口を開けたまま、自分でも気が付かないうちにポロポロと涙を流した。周りとは違うという漠然とした不安を感じつつもそれが何なのかわからず、わからないまま病院に連れてこられて、不安とか苦しいとかそんな気持ちさえも追いつかないでいた私を、お医者さんの言葉はそっと抱きしめて背中を撫でてくれたようだった。

お医者さんは両親に、性的指向と性自認について丁寧に説明してくれた。私は女性を好きになる女性であるだけ。体と心の性の不一致に悩む性同一性障害とは根本的に違う。

「ご両親が戸惑う気持ちも、よくわかります。私はそれを否定するつもりはありません。自分と違う価値観を目の当たりにして戸惑うことはごく自然なことですからね。ただ、その戸惑いを相手の責任にしてはいけません」

目を細めて微笑むお医者さんのことを、私は今でもはっきり覚えている。

しかし、両親にその言葉は届かなかった。

*

「ちょっと、ちょっと待って、リコちゃん!」

後ろから腕を摑《つか》まれると、思いのほか強い衝撃で体が引かれた。自分でも気が付かないうちにずいぶんと早足で歩いていたらしい。ふり向くと、光介くんが私の腕を摑んだまま、ゆっくりと呼吸を整えていた。

「こんな人の多いところでそんなサカサカ歩いたら危ないよ」

「あ、ごめん……」

「どこ行く気なの?」

「どこっていうか……」

どこに行くつもりもなかった。ただ、

「その……たくさん歩いて、お腹を空かせようと思って」

「へ？　お腹？」

ぽかんと口を開けた光介くんは、もともと大きな目をさらに大きくした。その目を真正面から見ることができず、私は光介くんの手から解放された腕をさすりながら続ける。

「お腹を空かせて、慧ちゃんの試作品を味見しに行きたいの。私ができることは、感想を言うことくらいだし……」

「え、あ、そういうこと？」

光介くんはパッと笑顔になると、両手を首の後ろで組んだ。

「そっかそっか。なるほどねー」

男性としては小柄な光介くんも、私よりは頭一つ分背が高い。私は光介くんを見上げながら曖昧に微笑んだ。本心ではあるけれど、いざ口にしてみるととても恥ずかしい。

「それなら、良かった。リコちゃん、怒ってるのかと思ったからさ」

「え？」

「ていうか、その原因は僕にあるのかなーと」

「私が？　何で光介くんに怒るの？」

「だって」

言いかけた光介くんがふと後ろへ視線を送る。ほぼ同時に私の肩を押して庇《かば》うように体を滑りこませてきた。光介くんのすぐ後ろを自転車が通り過ぎる。

「ありがとう……」

「こんな所で突っ立ってたら危ないね。歩こうか」

光介くんが歩き出すのを追いかけ、私も再び歩き出す。そういえばここまでただ闇雲に歩いて来てしまったから、自分がどこにいるのかよくわかっていなかった。大通り沿いの歩道を、人と人の間を縫うように歩いてきたが、ここはどの辺りだろうか。

「リコちゃんって、この辺りあまり来ないでしょ？　そこが西武新宿駅《せいぶしんじゅく》で、あっちが歌舞《かぶ》伎《き》町だよ」

私の心を読んだように、光介くんが言った。私はテレビでよく聞くその地名を口の中で繰り返す。

「歌舞伎町……あ、本当だ」

パチンコ屋の横を通り過ぎて少し歩くと、左に「歌舞伎町」と書かれた大きなゲートが現れた。テレビやドラマで見たことはあるが、本物を見るのは初めてだ。道にはゲートを見上げ、カメラを構える外国人観光客が何人もいる。

「光介くんって新宿のバーでバイトしてるんだよね。この辺りなの？」

「この辺りってほどじゃないけど。ここからだと、歩いて二十分くらいかな」

「ふうん……」

「あはは、地理感ないのに二十分くらいとか言われてもピンと来ないよね」

「あ、ごめん……」

「謝ることないよー。リコちゃんってほんと、優しいね」

「そんなことないと思うけど」

むしろ光介くんのほうがよっぽど優しいと思ったが、そんなこと言ったら引かれるのではないかと不安になって言えなかった。

「あるよー。だからつい僕も甘えちゃってさ……ごめんね」

両手を上着のポケットに突っこみながら言うのに、私は首を傾げた。

「ねえ、さっきも言っていたけど、光介くん、私に何かしたっけ……？」

「あ、えっと、僕の考え過ぎだったらいいんだけどね？　よくよく考えたら僕すごいお邪魔虫だったよなあって」

「え？　ああ……」

そこでようやく、私は光介くんの言いたいことがわかった。光介くんは今日、私と慧ちゃんに付いてきたことを気にしているのだ。

「今さらだけど、本当ごめんね。ついスイーツにつられてほいほいと」

「でも、それは慧ちゃんが誘ったんだし、私も何も言わなかったし」

「まあそうなんだけど……うーん、実はね、言い訳するわけじゃないんだけどね？　僕、今日のスイーツ店に行ってみたいって、いつだったか慧ちゃんに言ったことがあるんだよ。ほら、あそこってなかなかかわいいお店でしょ？　一人じゃ入りにくいし、かといってチカくんは絶対に嫌だって言うし」

それを聞いた私は、かわいいスイーツが並ぶお店のホームページをスマホで見せる光介くんと眉間にしわを寄せて断固拒絶するチカさんの顔を咄嗟に思い浮かべて、思わず吹き出してしまった。

「チカさんなら言いそう」

私が言うと、光介くんは「でしょー?」と笑う。だが、その笑顔はいつもより少しだけ遠慮がちに見えた。

「だからね、僕が行きたいって言ったのをケイちゃんが覚えててくれたのかなって思ったら嬉しくなっちゃって、それでついね……デリカシーなかったよね」

上着の袖を指先でいじる光介くんを見ながら、私は体の奥がふわりと軽くなるのを感じた。誰かから慧ちゃんの優しいところを聞くのは、自分で感じる時よりも嬉しい。今日感じていたいろいろな気持ちは全て箱に入れて蓋を閉めたつもりだったけれど、箱はまだ確かに私の胸の中にあって、存在感を発していた。その箱が煙のように消えていったような気がした。

ふと顔を上げると、大通りから枝分かれするような形で遊歩道が伸びていた。両脇を緑の木々に挟まれた石畳の路は、車と人とアスファルトで溢《あふ》れている大通りとはずいぶん雰囲気が違う。

「ああ、四季の路だよ」

私の視線に気が付いたのか、光介くんが教えてくれた。少し傾いた陽《ひ》の光がこぼれる路には人の姿もほとんどない。

ゆらゆらと揺れる光と影に、私はふっと足を引かれたような気持ちになった。

「ねえ、光介くん。ちょっと走っていい？」

「え、走る？」

「早く慧ちゃんのところに行きたいから。もっと動かないと！」

「え、ちょっとリコちゃん！」

光介くんの声を背中に聞きながら、私は緑と光に溢れる路へ駆けこんだ。


冷気の混じった風と光を後ろへ流しながら、私は走った。

仕事は書店のアルバイト、趣味は読書。書店の仕事は意外と体力を使う時もあるけど、運動なんて好きではやらないし、得意でもない。走る機会があるとすれば、電車やバスの時間に遅れそうになった時くらいだ。

意味も目的もなく走るなんて、もしかしたら何年振りかもしれない。でも、案外悪くない。

「リコちゃん、意外と足早いね……！」

後を追いかけてくる光介くんの息が弾んでいる。私はふり返らず、ますます足に力をこめた。胸の奥が熱い。体の中心に生まれた熱がじわじわと体中に広がっていく。

慧ちゃんと別れた時に感じた熱とは違う熱。だけど、違うからあの時の熱の意味がわかった気がした。

（あれは、戸惑いだったんだ）

苛立《いらだ》ちとか怒りとか、悲しいとか悔しいとか、そんなものが僅かもなかったとは言えないけれど、ただ、慧ちゃんと私の気持ちの幅の違いに戸惑っていただけ。

戸惑うことは悪いことではない。でも、戸惑いを相手の責任にしてはいけない。

かつてのお医者さんの言葉が蘇《よみがえ》る。それはつまり、自分が戸惑うからといって相手を攻撃したり否定したりしてはいけないということ。変わらなければいけないのは、自分に戸惑いを与えるほうではなく、自分自身。

あの時、両親や姉にそう告げることができていたら、何か変わっていたのだろうか。

自分の戸惑いから生まれる熱に混乱し、その熱を排除したいがために原因である私を治そうと、いや、排除しようとした両親や姉は変わってくれただろうか。

（私は、変わる）

走る足に力をこめる。肩にかけたショルダーバッグが重い。汗で濡《ぬ》れた首筋に乱れた髪がまとわりついた。

（慧ちゃんに求めるばかりで、それが叶《かな》わなかったからと不満を言ったら、そんなのあの人たちと一緒だもの。私はあの人たちとは違う……！）

後ろから足音が追いかけてくる。光介くんだ。私は追いつかれまいと、切れかかっている息をぐっと飲みこみ、踏み出す足にもう一度力をこめた。

＊

私を病院へ連れて行ったあの日から、両親は私を治そうと様々なことを試みるようになった。私はいくつもの病院へ連れて行かれ、家には性同一性障害に関する本が溢れた。私を中心に家が変わっていく。私はそれが嫌で嫌でたまらなかった。

（私は何もおかしくない。変わらなくていいって、お医者さんも言ってくれたのに）

それなのに、どうして両親も家も変わっていってしまうのだろう。

だが、私はそんな気持ちを伝えることはできなかった。ただ、目の前で轟音《ごうおん》を立てて流れていく家族の想《おも》いを前に、怯《おび》えて立ちすくんでいた。

私はその濁流に抗《あらが》うよりも、逃げることを選んだ。

高校生にもなると、私はただ家を出ることだけを考えて過ごしていた。家を出て一人で生きていくためにはどうすればいいのか、進学すればいいのか就職すればいいのか、いろいろな道を考えた。両親は家を出て一人暮らしをしたとしても大学へは行ったほうがいいと言ったが、学費を出してもらえばそれがまた両親との縁になる。その時の私は、それさえも嫌になっていた。

結局、私は進学も就職もせず、高校卒業と同時に書店でアルバイトをしながら一人暮らしを始めた。アルバイトとはいえ、本好きの私にとって書店で働くことは憧れの一つでもあったから、仕事は楽しかった。病院にも行かなくていいし、部屋には自分の好きなものだけを置いた。

一人暮らしを始めたばかりの時は、部屋の真ん中に大の字に転がると涙がこぼれた。ようやく呼吸の方法を思い出したような気分だった。

だが、日が経《た》ち、身の周りが落ち着くにつれて、晴れやかだったはずの心が少しずつ曇っていくのを感じるようになった。どうしてそう感じるのか、理由はわからなかった。理由のわからない不安はとても重たくて、私は自分でも気が付かないうちにストレスを溜《た》めていったのかもしれない。

体に現れる不調を充実しているからこその疲れとごまかす日々の中、ふと、私は勤める書店から少し離れた所にあるカフェを見つけた。いつも使うルートから外れた道だったせいでずっと知らなかったが、アンティーク調のレトロな店構えに心惹《ひ》かれて足を止めた。

「サラセニア……」

その不思議な店の名前も気になって、私は何の気なしに店に入った。

それが、慧ちゃんとの出会いだった。

店構えと同じく、アンティーク調のインテリアでまとめられた店内はとても落ち着いた雰囲気だった。それでいて温かみもあって、コーヒーと一緒に本さえあれば何時間でも居続けることができそうだった。もっとも、周りの目が気になって、実際には何時間もなんてことはできなかったけれど……。その代わり、私は毎日のようにカフェへ通うようになった。

キッチンを一人で回す慧ちゃんとは、最初のうちは言葉を交わすこともなかった。だが、何度も通ううちに、慧ちゃんのほうが私の顔を覚えてくれたらしい。ある日、私が帰ろうと席を立つと、キッチンから慧ちゃんが出て来て声をかけてきた。

「いつもありがとうございます」

たったそれだけの、よくあるような言葉だったのに、私にはそれがとても温かく感じられた。それから私と慧ちゃんはたびたび言葉を交わすようになった。お互いに自分の秘密を打ち明けることはなかったけれど、無意識のうちに同じ匂いを感じ取っていたのかもしれない。

出会ってから一年程経って、私は慧ちゃんに告白された。慧ちゃんの差し出してくれたレモンケーキを食べながら、私は嬉しいとかそんなことを思う余裕もなく、ただ驚いて返事をすることもできなかった。

後に慧ちゃんは、

「一世一代の大勝負だったわ。ほんと……」

と、深々と息を吐きながら言っていた。

最初は私も混乱していたが、時間が経つにつれて嬉しい気持ちがはっきりと形を持ち始め、私は慧ちゃんと付き合うことになった。もともと私も、慧ちゃんに友達以上の想いを抱いていたのだから……。

慧ちゃんと付き合うようになってから、曇りがちだった私の心に、再び晴れ間が覗くようになった。「さざんか」で光介くんやチカさんと暮らすようになると、晴れだけではなく、雨や雪も降るし、雨上がりには虹も出るようになった。そうなってみて初めて、私は心の曇りの理由に気が付いた。

(寂しかったんだ)

逃げたくて逃げたくてたまらなかった場所から抜け出したくせに寂しいなんて。

自分でも理解ができなかったけれど、そもそも全てを理解できていたら最初から悩むことなんてないのだ。

(悩み続けろってことだね……)

それでも希望は見つけられる。

悩みながら、新しい希望を糧にして、私はゆっくりと歩き続けるのだ。

＊

さすがに息が切れて立ち止まると、膝がガクガクと震えて立っていられなかった。遊歩道と街路樹を区切る木の柵に腰かけてどうにか体を支えるが、胸は大きな板で圧迫されているかのように苦しいし、脇腹は細い縄で締めつけられているかのように痛い。

「大丈夫?」

ひょいと顔の横にペットボトルの冷たいお茶が差し出される。

「ありがとう……」

受け取りながら顔を上げると、光介くんは「いやあ」と困ったような笑みを浮かべながら隣に腰かけた。

「リコちゃんのお金で買ったから、僕のほうがお礼を言わなきゃだよ」

財布を忘れた光介くんが早口で言うのに笑いながら、私はペットボトルの蓋をひねった。

パキッと小さな音と衝撃が指先を揺らす。

ペットボトルを傾けると、乾いていた体が手を伸ばすようにお茶はあっという間に半分程なくなってしまった。

「それにしても、リコちゃんって本当に慧ちゃんのことが好きだよね」

いきなり言われて、私は思わず飲みかけのお茶を吹き出しそうになってしまった。

「な、何、いきなり……」

口元を手で拭いながら横を見ると、光介くんは真剣な顔を私に向けてきた。

「だってさ、慧ちゃんの試作品を味見するためにわざわざ走ってお腹を空かせるとか、なかなかそこまでしないよ」

「そ、そうかな?」

「そうだよー。僕だったら、今日はお腹いっぱいだから明日ちょうだいって言っちゃいそう」

私は笑う光介くんの横顔から手元のペットボトルに目を移した。

「私……慧ちゃんが一生懸命にやっていることは、一生懸命応援したいの」

「確かに、慧ちゃんっていつも一生懸命だよね」

「うん。それにね、一生懸命やってるものって、自分の分身みたいな感じがするじゃない？　それを否定されたり興味も持ってもらえなかったりしたら、やっぱり悲しいと思う。私はそういうことを、慧ちゃんにはしたくないの」

「そっかー…」

「あ、ごめんね。こんな話、つまらないよね」

「何で？」

光介くんはぴょんと勢いをつけて柵から腰を上げると、私の前に立った。無邪気な笑顔が私を覆うように向けられる。

「すごくいいと思うよ。やっぱりリコちゃんは優しいね」

ふと、光介くんの言葉は不思議だなと思った。褒め言葉を使っていても過剰に褒めているわけでもなく、お世辞を言っているわけでもない。言葉の意味を超えない素直でストレートな言葉。だからそのまま胸に届く。

「えっ、ちょっとリコちゃん！　何で泣いてるの」

「え？」

自分でも気が付かないうちに涙が流れていたらしい。走り過ぎて涙腺まで緩くなってしまったのだろうか。

「ご、ごめん！　何でだろう……」

咄嗟に俯いて涙を拭った、その時だった。

「あの、ちょっといいですか？」

突然、光介くんのものではない男性の声が割りこんできた。顔を上げると、警察官が二人、近付いてくるのが見えた。

「え、僕たちですか？」

光介くんは訝《いぶか》しそうに目を細める。そういえば、いつだったか光介くんは、夜中に自転車に乗っているとたびたび職務質問を受けるとぼやいていたことがあった。光介くんにとって警察官に声をかけられるのは、それ自体が気分の良いものではないのかもしれない。

私はそっと警察官を盗み見た。二人組の警察官のうち一人はまだ若い男性で、もう一人は中年くらいの男性。どちらもニコニコと笑って、一見すると人当たりが良さそうだけど……。

「いえね、実は男性が女性を追いかけていると通報がありまして」

「え？」

「あなた、今そちらの女性に何をされていました？」

「え？　僕？」

口元を引きつらせる光介くんを前に私も慌てた。ほんの十数秒前の自分たちを思い返す。

俯いて泣く私に、覆いかぶさるように立つ光介くん。確かに傍《はた》から見ると誤解を招くような感じだったかもしれない。私は慌てて立ち上がると、顔の前で手をぶんぶんと振った。

「ち、違います。私と光介くんは……」

カップル？　偽装カップル？　カップルですと答えるべきなのかもしれないけど、相手は警察官。そんな嘘《うそ》を吐いてしまっていいのだろうか？　思わずそんな迷いを持ってしまったのがいけなかった。

「身分を証明できるものとかありますか」

私が口ごもったのを不審に感じたのだろうか。警察官の口調がきつくなる。

「わかってるよ。見せるよ」

光介くんはうんざりした声で応じる。さっさと誤解を解いてこの場を離れたいという気持ちが口にするまでもなく伝わってくる。光介くんは苛立ちを隠せない様子でズボンのポケットに手をやった。しかし……。

「あっ」

と言ったのは光介くんだが、私も心の中で同じように声を上げた。身分証はおそらく財布の中に入っているのだろう。そして今、光介くんは財布を持っていない。

「どうされました？」

「あ、いや……ちょっと財布を忘れちゃって」

視線をさまよわせながら、行き場を失った手をひらひらと動かす光介くんに、警察官たちの目がますます厳しくなる。光介くんは一つも嘘を言っていないのに、どこか嘘っぽく見えるのはなぜだろう……。

「あなたは何かありませんか？」

中年の警察官に言われて、私は慌ててバッグを漁《あさ》った。だが、つい光介くんのほうが気になって手元が狂ってしまう。「ゆっくりでいいですよ」と笑いかけられると、かえって焦ってしまうから厄介だ。

悪いことをしているわけではないのだから堂々とすればいいと頭ではわかっているのに、警察官の制服というのはどうにも威圧的でつい気持ちが縮みあがってしまう。

傍からは、怪しい男女二人組が警察の世話になっているように見えるのかも。

そんなことを思った時だった。

「うちのルームメイトが何かしましたか」

どこからか静かな声が聞こえてきた。私には誰の声か一瞬わからなかったけれど、光介くんの顔がパッと明るくなったのはわかった。光介くんの視線を追いかけて顔を向ける。

その先に立っていたのは、

「チカさん」

だった。

「チカくん、どうしてここに？」

弾んだ声で光介くんが言った。ついさっきまで警察官たちに向けていたものと違い過ぎて、思わず笑ってしまいそうになる。一方、チカさんはそんな光介くんとは正反対に、眉間に深々としわを刻み、不機嫌そうな声で言う。

「財布を忘れたから迎えに来てくれと、光介が連絡してきたんだろう。それなのにお前はどうしてこんな所にいるんだ？」

「ごめん、いろいろあって……」

「そして今はどういう状況なんだ」

「見てのとおり、職質され中でーす……」

ぽんぽんと交わされる会話に挟まれる警察官としては、決して面白いものではないだろう。中年の警察官は渋い顔をしているし、若い警察官に至ってはひと目見て苛立っているのがわかる。

「あなたは？　この方たちとお知り合いですか？」

それでも中年の警察官は穏やかに言った。だが、チカさんが来てくれたことによって、光介くんはもちろん私もすっかり落ち着きを取り戻していた。

チカさんは古いブラウンのコートのポケットから黒と白の財布を二つ取り出すと、黒い財布から運転免許証を取り出して警察官に差し出した。警察官がそれを確認している間に、チカさんは白い財布を光介くんに渡していた。白い財布は光介くんの物だったらしい。

「ええと、サエグサカツヤさん？」

中年の警察官がチカさんの免許証を見ながら言った。チカさんは慣れた様子で首を振る。

「カツチカです。よく間違われますが」

「ああ、これは失礼……。それで、こちらのお二人とのご関係は？」

「先ほども申し上げましたが、ルームメイトです」

チカさんは、私たちがシェアハウスに暮らすルームメイトであることを説明し、証明が必要ならオーナーへ電話するなどと話していた。光介くんも、チカさんに促されて財布から免許証を取り出し、警察官に差し出している。

もう大丈夫かな、と私が思った時だった。

「三枝克哉って、もしかして脚本家の？」

そう言ったのは、若い警察官だった。

ようやくバッグから保険証を探し出した私も、免許証を返してもらっていた光介くんも、思わず警察官を見た。しかし、当のチカさんは全く表情を変えず「まあ」と頷いただけだ。

怪訝《けげん》そうな顔をする中年の警察官に、若い警察官は顔を赤くして何か囁《ささや》いている。どうやらチカさんのことをよく知っているらしいけど、もしかしたらファンなのだろうか……。

そのことが私たちの疑いを晴らしたわけではないと思うけれど、そこから話はあっという間に決着した。身分証を確認してもらった私たちは、その後いくつかの質問を受けて解放された。別れ際、若い警察官がチカさんに「次のドラマ、楽しみにしています」と言っているのが聞こえてきた。

「はあ、やれやれ。とんだ目にあったよ。チカくんが来てくれて助かったあ」

光介くんが「うーん」と伸びをしながら言うのに、私も頷く。

「本当に、助かりました。ありがとうございました、チカさん」

「別に礼はいいが……それより莉子はこれからどうするつもりだ？」

「どうするって？」

「俺は少し買い物をして帰る。わざわざここまで来て光介を拾っただけでは割に合わないしな」

「何かひどくない？　それ」

「莉子はどうする。一緒に行くか？」

チカさんが何を尋ねているのか理解した私は、ゆっくりと首を横に振った。

「私、慧ちゃんのお店に寄りたいので、先に行きます」

はっきりと言うと、チカさんは「そうか」と頷く。

「じゃあ、また後でな。光介、行くぞ」

「うん。それじゃね、リコちゃん。頑張って」

くるりと背を向けて歩き出すチカさんを追いながら、光介くんはひらひらと私に向かって手を振った。

「頑張ってって……」

何を頑張るのだろうと思いながらも、つい笑みが漏れる。私はゆっくりと息を吐くと、バッグからスマホを取り出す。

——今から行くね。

慧ちゃんにメッセージを送り、私は駅に向かって歩き出した。

＊

私が「サラセニア」に着いた時、外はすっかり暗くなっていた。駅から少し離れた静かな裏道に浮かぶ「サラセニア」の光は、ロウソクの灯《あか》りのように温かった。

カランカランと、ドアベルが鳴る。

「あ、いらっしゃい」

見慣れた客席の奥から慧ちゃんの声が聞こえた。いつもならコーヒーの香ばしい香りが鼻をくすぐるところだが、今日は甘い匂いが満ちている。

「まさか来てくれるなんて思わなかったわ」

奥のキッチンから慧ちゃんがひょっこりと顔を出した。いつもカフェで使っている深緑色のエプロンを着けた慧ちゃんからは、店に漂っている甘い匂いと同じ匂いがした。

「座って。何か飲むでしょ。何がいい？　コーヒー？　ミルクティー？」

「じゃあ、コーヒー」

「わかった。待ってて」

そう言うと慧ちゃんは再びキッチンへ戻って行った。

ややあってコーヒーの香ばしい香りが漂ってきた。甘い香りを上書きするコーヒーの匂いが、店の中を通い慣れた色へと変えていく。

「お待たせ」

お盆にコーヒーカップ二つとミルクを載せて、慧ちゃんが戻ってきた。砂糖がないのは、私はいつもコーヒーにミルクだけを入れていて、慧ちゃんはブラックだからだ。

私たちは何も言わず、コーヒーを口に運んだ。温かいコーヒーが苦みを残しながら喉を落ちていく。私たちは無言のまま向かい合い、カップを傾けていた。

営業中はゆったりとしたクラシック音楽をかけることが多いが、今は何もかかっていない。音楽のない店内はとても静かだった。キッチンからはかすかな振動のような音が聞こえ、外からは遠くを走る車の音が聞こえる。ふと、静かというのは普段聞こえない音を聞くことなのかもしれないと思う。

「……今日はごめんね」

静けさに雫《しずく》を落とすように、慧ちゃんが言った。私が何に謝られたのかわからず首を傾げていると、慧ちゃんは両手で包むように持ったコーヒーカップに視線を落とした。

「だって、私すごく無神経だったでしょう？　リコ、本当は私と二人で出かけるの、楽しみにしてくれていたのよね……」

ごめんね、と繰り返す慧ちゃんに、私は慌てて首を振った。

「それは……私だって何も言わなかったんだからいいよ。慧ちゃんが気にすることじゃないよ」

「でも、ちょっと考えればわかることだったもの。それなのに私、スイーツのことで頭がいっぱいになっちゃって……キッチンで生クリームを泡立てている時に、ふと気が付いたのよ。情けないったらない」

慧ちゃんは吐き捨てるように言うと、カップを一気に傾けた。と、「熱っ」と慌てて手を口に当てる。

「大丈夫?」

私が笑いをこらえながらハンカチを差し出すと、慧ちゃんは照れたように目を細めながら受け取った。私はハンカチを口に当てる慧ちゃんを少しの間見つめていたが、思い切って手を伸ばすと、その手をそっと摑んだ。

「リコ?」

普段、私から慧ちゃんの手を握ることはあまりない。それは単純に恥ずかしいからだけど、今は無性に慧ちゃんの手を握りたかった。触れて、ちゃんと今の気持ちを伝えたいと思った。

「慧ちゃん、あのね……私、慧ちゃんと会えてとても幸せだよ」

「どうしたの? 突然」

「慧ちゃんは最初から私のことを見てくれていたでしょ。慧ちゃんにとっては些細《ささい》なことだったかもしれないけど、私にとってはとても大きなことだった。付き合うようになって、初めて私のことを根本的なところから受け入れてくれる人と出会ったと思った」

もしかしたら、最初は家族の代わりを求めていたのかもしれない。自分を受け入れてくれなかった家族の代わりに、自分を受け入れてくれる人を探していたのかもしれない。

「受け入れてもらうって、普通のことのようで普通じゃないよね。私、こんな性格だから……慧ちゃんみたいにはっきりものを言うのも苦手だし、自分の気持ちを言うのも苦手。だからわかりにくいかもしれないけど、私も慧ちゃんがしてくれたように慧ちゃんのことを受け入れたいって思ってて……私の言ってること、ちゃんと伝わってる？」

言えば言うほど、私はだんだん自分の言葉がちゃんと伝わっているのか自信がなくなってきた。手から力が抜ける。

その手を繋《つな》ぎ止めてくれたのは慧ちゃんだった。

「伝わってるよ、リコの気持ちは。ありがとね」

「慧ちゃん……」

「あのね、さっき言ったこと、実はちょっと違ってるの」

「え？」

「うーん、違うっていうのも正確じゃないかもしれないけど。スイーツのことで頭がいっぱいで周りが見えていなかったって言ったけど、それも本当なんだけど、それだけじゃないの」

「どういうこと？」

「つまりね、何て言うか……恋人らしいことをするのに後ろめたい気持ちがあったのよ」

思いがけない告白に、私は目を丸くした。その意味を図りかねていると、手を強く握り返されるのを感じた。慧ちゃんは困ったように微笑みながら続ける。

「私もうまく言えないんだけどね……例えば、私がカミングアウトしていないせいでリコのことを彼女だって誰にも紹介できないわけじゃない？　友達にも、もちろん家族にも」

「でも、それは私も一緒だよ。私だって自分たちのことをオープンにするのは、まだ望んでないし、慧ちゃんが気にすることじゃないよ」

「そうなんだけど……何ていうのか、一緒に暮らし始めたら、いろいろ考えちゃってね。恋人らしいこと何もしてあげられないのに恋人っぽいことを求めていいのかなあとか、そんなことを考えるようになって……」

「慧ちゃん……」

いつもみたいにキレがあるわけではないけれど、温かくてまっすぐな慧ちゃんの言葉。胸の奥がきゅうと締め付けられ、鼻の奥が微《かす》かに震えたような気がした。だが、これは嬉しいとかそういう感情じゃない。

これは、安心だ。

慧ちゃんも私と同じだったのだという安堵が、私を毛布のように優しく包みこんでいた。どれくらいの間、手を取り合ったままでいただろうか。

「そうだ」

慧ちゃんが夢から醒《さ》めたように言うのに、私もハッと我に返って手を離した。

「ちょっと待ってて。リコに渡そうと思って作っていたものがあるのよ」

「私に？」

いつもの調子を取り戻したのか、ケイちゃんはテキパキとキッチンへ駆け戻って行ったが、十秒と経たずに戻ってきた。その手にあるのは、白いプレートに乗せられたパウンドケーキ。見た目はよくあるパウンドケーキだけど、私にはそれが何なのか、すぐにわかった。

「それ、レモンケーキ？」

「そう。あの時、一緒に食べたケーキ」

慧ちゃんに告白された時、私と慧ちゃんの間に置かれていたケーキ。

もっとも、あの時は既に切られたものがお皿に盛られていたから、こうして焼きあがったままの姿を見るのは初めてだけど。

「言ってなかったけど、このケーキは私が初めて作った売り物のケーキなの」

「え、そうなの？」

「まだこの店を始める前にね。修行中の頃、何度も作り直してやっとお店に置いてもらったケーキ。だからこれを作る時は、初心と自信の両方を思い出すことができるのよ」

「……そんな大切なケーキだったんだ」

私は改めてレモンケーキを見つめた。長方形の土台にふっくらと盛り上がった山。山の部分にかけられた白い雪のようなアイシングからはほのかにレモンの香りがして、見ているだけで口の中に爽やかな味を感じるようだ。見つめていると、あの時の驚き、後から追いかけてきた幸せな気持ちを思い出した。

「食べよ。今日は特別に分厚くね」

慧ちゃんはナイフでケーキを切り分けると、お皿に盛った。

「いただきます」

添えられたフォークを手に取り、ケーキをひと欠片、口に運ぶ。

途端、爽やかなレモンの香りと砂糖の甘さが広がる。しっとりとした生地はフォークを入れるたびに僅かな弾力でその存在感を発し、表面を覆う砂糖はシャリと小さな音を立てた。

「おいしい」

余計な言葉はいらなかった。シンプルなレモンケーキのように、飾りを取り払った言葉が実は一番奥深い。

「ねえ、リコ。さっきの話だけど」

飲みこんだレモンケーキの余韻に浸っていた私が顔を上げると、慧ちゃんはフォークでレモンケーキをいじりながら、少し困ったような笑みを浮かべていた。

「その、私のこと、受け入れられるようになりたいって言ってくれたけどね」

「うん」

「別に、いいのよ。リコは、そのままで」

「え？」

思わず持っていたフォークをお皿に戻すと、慧ちゃんは慌てたように手を振った。慧ちゃんの持っていたフォークがお皿に当たり大きな音を立てる。反射的にテーブルに目を落とす。慧ちゃんは焦った様子で揺れるカップを支える。

「悪い意味じゃないの。つまりね……ええと、リコは飾る必要なんかないってこと。そのままのリコが隣にいてくれるだけでいい。それが、私にとって『受け入れてもらう』ってことだから」

「そのままで、隣に……？」

お医者さんの、灰色の髪と真っ黒な瞳を思い出す。優しく背中を撫でてくれたお医者さん。あの人が向けた言葉の意味は何だったか。お医者さんは私に責任はないよと、そのままでいいよと、言ってくれていたのではなかったか。

気が付いた時、私の頬は濡れていた。困ったように笑う慧ちゃんが、そっとハンカチで頬を拭いてくれる。

「私……」

されるがままに頬を拭かれながら、私は言葉を絞り出した。

「隣に、いさせて欲しかっただけなの。ありのままの私が、隣にいることを許して欲しかったの」

「うん」

両親にも姉にも。もし本当に受け入れてくれないと言うなら、それでもいいから、せめてありのままの私を私の席に座らせて欲しかった。

「リコ、こっちおいで」

慧ちゃんが自分の隣の席の椅子を引きながら言う。私は受け取ったハンカチを握り、鼻をすすり上げながら慧ちゃんの隣の席に座った。慧ちゃんの手が、そっと私の肩を抱いてくれる。

「でもね、慧ちゃん」

グスグスと鼻を鳴らしながら言う自分はまるで子供みたいだと思ったが、どうすることもできない。

「私はやっぱり、変わりたい。両親や姉に自分の気持ちすら言えなかった自分は、やっぱり変えたいの。慧ちゃんの隣にいるためにも」

「リコがそう言うなら、私は応援するわ。でも、無理はしないでね」

慧ちゃんに肩を抱かれたまま、私はしばらく、泣き続けた。

しばらくしてようやく涙が落ち着くと、私と慧ちゃんは隣同士に座ったまま、残りのレモンケーキを食べた。

「まあでも、あれよね」

レモンケーキを噛《か》みしめながら、慧ちゃんはしみじみと言う。

「あれこれ悩むのも、今こうして私たちが出会ったからこそなのよね。言ってみれば幸せな悩みなのよ」

その言葉がややぶっきらぼうにも聞こえるのは、きっと照れているからだろう。

「甘いものと一緒よ。甘いものって、人が生きる上で必須ではないでしょ。それでも欲しくなるのは、そこに気持ちを豊かにするものがあるから。だから……」

「悩みも、人の気持ちを豊かにするために必要なこと？」

「かもしれないってこと。まあ、甘いものと違って、ちょっとばかりキツイけどね」

そう言って笑う慧ちゃんの口に、私はふと思い付いて、フォークに刺していたケーキを突っこんだ。一瞬、慧ちゃんは自分が何をされたのかわからなかったのか目を丸くして、ほとんど反射的にケーキを咀嚼《そしゃく》していた。飲みこんだところで、やっと何が起きたのか理解したらしく、みるみるうちに顔が赤くなっていく。

「な、何？　リコがこんなの、珍しいじゃない」

「たまにはいいでしょ」

にっこり笑って言うと、慧ちゃんは何かをごまかすように、いつもは入れないはずのミルクをコーヒーカップに注ぐ。それがおかしくて、私は声を上げて笑った。

笑う私を見て、慧ちゃんがそっと微笑む。

ありのままで生きることはとても難しいことだけど、たった一人、ありのままを見てくれる人がいる。それだけで力が湧いてくる。

レモンの爽やかな香りと砂糖の甘み、そしてコーヒーの香ばしい香りが私たちを包んだ。

（甘いのも苦いのも、甘酸っぱいのも）

全部、私たちにとって大切なものだ。

# 三話　偽物ヒーローとがんもどき

最悪の朝だ。

締め切ったカーテンの向こうに雨の音を聞きながら、私は思った。

枕から頭を持ち上げた途端、こめかみの脈が激しく波打った。痛みを自覚すると、とどめとばかりに吐き気も後を追いかけてきた。完全な二日酔いだ。

（ああ～、失敗した。昨日のアレは完全にダメな飲み方だったわ……）

思っても、もう遅い。二日酔いというのはなるたびにいつも後悔するのに、反省として活《い》かされないから厄介だ。

枕元に置いたスマホを手に取ると、時刻は既に朝の十時を過ぎていた。今日は定休日だから仕事はないが――だからこそ昨夜飲み過ぎたわけだが――そろそろ起きないとせっかくの休みが無駄になるというものだ。

「リコ……」

隣に並べられているはずの布団は、畳まれて部屋の隅に置かれていた。朝はいつもリコのほうが早いから、目覚ましが鳴る前に声をかけてくれる。耳を引っ掻《か》くようなアラームの音が苦手な私にとって、リコの声は最高の目覚ましだ。

（でも、この顔じゃ……さすがに声をかけられないわね）

這《は》うように布団から抜け出し、テーブルの上に置いてある鏡を覗《のぞ》きこみながら思う。鏡の中に写る顔は、自分でも呆《あき》れるくらいにひどかった。土気色の顔は、全体が風船のようにむくんで輪郭がなくなっている。目はいつもの三分の一くらいで、まるで落書きみたいだ。

拳を両方の頬に押し当てると、ぐりぐり動かした。指の関節が肉にめりこみ骨に当たるたびに痛みが走ったが、それも今は心地良い。

「うぅ……」

唸《うな》り声を上げるとまた頭が痛んだ。頭を抱え、奥歯で声を押し潰す。すると、少しずつ痛みの波が弱まっていった。

私は押し潰していた声をゆっくり開放するように細く息を吐くと、のろのろとパジャマを脱いだ。とにかく着替えだ。着替えて、顔を洗って、温めの白湯《さゆ》を飲もう。

脱いだパジャマを布団の上に投げ出した時、ふと、階下から声が聞こえてきた。それまで痛みと気持ち悪さと雨の音に気を取られて気が付かなかったが、あの声はチカとリコだろう。

(二日酔いの時ってうるさいのはつらいはずだけど……)

雨のささやきのような人の声は何となく心地が良い。私は痛みの波間に意識を委ねながら、タンスから出したばかりのTシャツにゆっくりと袖を通した。

＊

「あ、おはよう。慧《けい》ちゃん」

リビングに入ると、ソファに寝転んで本を読んでいたリコが顔を上げた。大人しくて人見知りなリコは少し前までチカやコウの前で寝転ぶなんてこと絶対にしなかったのに、最近はかなり馴染《なじ》んできたようだ。

「おはよう……」

リコが起き上がってできたスペースに腰を下ろしながら言った声は、自分でも思いがけないくらい弱々しかった。リコは本を閉じると、心配そうな目を私に向けてくる。

「大丈夫？　体調悪そうだから起こさなかったんだけど……」

「平気、平気。ごめんね、気を遣わせて」

「二日酔いだろ。自業自得だ」

チカの声が後頭部を叩《たた》いた。私は櫛《くし》を入れただけの髪をかき上げながらふり返り、キッチンで洗いものをする手を止めようともしないチカを睨《にら》み付けた。

「さざんか」は、台風が来るたびに壊れてしまうのではないかと不安になるような古い家だが、リビングとキッチンだけは今時の感じにリフォームされている。ここをシェアハウスにする時、チカが手を入れたらしい。ただ、キッチンもリビングも最新の機能を備えたものではなく、使うのに困らない程度の少し古い仕様になっているのが、いかにもチカらしかった。

「確かにチカの言うとおりだけど、ストレートに言われると腹が立つわね」

「図星だからだろ」

「もう……」

言い返してやりたいのは山々だが、今の私にはとてもそんな気力はなかった。私は捻っていた体を元に戻すと、深々とソファに身を沈めた。柔らかめのソファが体をゆっくりと包みこむ。その温かさに思わず目を閉じると、ふわりと頭に温もりを感じた。リコの手だ。前髪を整えるように滑る温もり。意識が眠りの淵《ふち》に落ちそうになる。

ふと、味噌《みそ》の香りが沈みかけていた意識を絡めとった。

香りにつられて目を開けるのと、ソファの前のガラステーブルにコトンと味噌汁が置かれたのはほぼ同時。椀《わん》から伸びる手を追って見ると、眉間にしわを寄せたチカの顔とぶつかった。

「これくらいなら食べられるだろう」

チカが言うのに、私は再び味噌汁に目を向けた。胃袋を刺激する味噌とお出汁《だし》の香り。柔らかく立ち昇る湯気の中に、黒い小さな貝が浮かんでいるのが見える。

「しじみ汁？　チカが作ってくれたの？」

「昨夜の時点で、こうなることは目に見えていたからな」

「……お恥ずかしい限りです」

「さっさと胃に入れて薬を飲め」

それだけ言うと、チカはあっという間にキッチンへ戻ってしまった。

私はリコとちらりと目を合わせながら小さく笑うと、しじみ汁を手に取った。味噌とお出汁の香りを含んだ湯気を吸いこむと、あれほどまで気持ち悪いと悲鳴を上げていた胃が、今度は早く寄こせと言わんばかりにきゅうきゅうと鳴き始めた。胃に急《せ》かされるように、私はしじみ汁に口をつけた。

しじみ汁は喉を通り過ぎる瞬間、少し痛いくらいに熱かった。それでも口いっぱいに残された味噌の香ばしさ、ほんの少し土の混じったようなほろ苦いしじみの滋味《じみ》が体の隅々にまで広がっていくようで、二口目、三口目と飲み進めてしまう。小さなしじみの身は食べなくても良いものなのかもしれないが、私はお箸を使って一つ残らず食べてしまった。

「ああ～、しみる～」

こういうのを五臓六腑《ろっぷ》に沁《し》みわたるというのだろうか。頭痛も気持ち悪さも治ったわけではないのに、温かくなった胃の中心から体の端々にまで熱が広がり、深い眠りに就いていた体が目覚めていくようだ。

「チカ、あんたっていい嫁になるわ」

ついそんなことを呟《つぶや》くと、隣で再び本を開いていたリコが「わかる」と笑いながら頷《うなず》いた。それで私はつい調子に乗って、身を乗り出した。

「気が利くし、料理上手だし、計画的で几帳面《きちょうめん》だし、堅物だし、人気脚本家だし」

「脚本家は嫁と関係ないだろう」

私が指折り数えながら言うのを、湯気の立つコーヒーを持ってキッチンから出てきたチカが遮った。ソファは詰めれば三人座れるサイズだが、チカは手すりに腰かけ、マグカップを傾ける。

「だいたい料理ができるから嫁向きだなんて、時代遅れだろう」

「そういうことを言ってるんじゃないわよ。結婚相手として文句ないわよねってこと。稼ぎはあるし家事だって嫌とは言わないし。ちょっと性格に難がある気はするけど、普通に考えて条件良いわよね」

何気なく言ったつもりだったが、ふと、自分で言ったその言葉に引っかかりを覚えた。そう、チカは結婚相手として悪くない。傍《はた》から見た時に、反対される要素がないという意味では。

「……ねぇ、チカ」

「何だ。性格なら今さら直らないぞ」

私の言葉を根に持っているのか皮肉っぽく言ってくるチカに、私は思わず苦笑した。チカは四人の中ではいつも保護者のような顔をしているくせに――年齢も確かに一番上ではあるが――たまにこういう子供っぽいところを見せることがある。

（まあ、だから面白いんだけど）

理屈で説明できてしまう人間なんてきっと面白くない。その点、チカは面白い。クールに見えて荒っぽいところがあるし、合理的に見えてひどく情緒的なところもある。私はチカに限らず、そういう理屈のとおらないところのある人間のことが嫌いではない。もっとも、説明できないことがあるからこそ、また悩みも生まれるわけだけど、そうなったら今度は、その悩みを解消するための手立てを考えなければいけない。

「チカさあ……私の嫁になってくれない？」

「……は？」

唐突な言葉に、チカは傾けていたマグカップを、リコは本のページをめくりかけていた手を止め、私を見た。揃《そろ》って目を丸くする二人を左右に見ながら、私は椀に残っていたしじみ汁を一気に飲み干し、テーブルに置いた。

「彼氏……ううん、婚約者として、私の両親に会って欲しいの」

空っぽの椀を見つめながら早口に言う。チカは怪訝《けげん》そうな目を私に向けていたが、手にしていたマグカップをテーブルに置くと、私の目の前の床に直接腰を下ろした。

話を聞こう、ということだろうか。

私はふぅと小さく息を吐くと、ここ数日にあった出来事を二人に語った。

祖母が倒れた、と母から連絡があったのは数日前のことだ。

両親は共働きで、私は一人っ子。まだ留守番も一人ではままならないくらい幼かった頃、私はよく祖母に面倒を見てもらっていた。そのせいか私はいわゆるおばあちゃんっ子。だから母の連絡はひどく心乱れるものではあったのだが……。

「だからね、少し帰って来ない？　話したいこともあるし」

電話越しに聞こえた母のその言葉に、私は一瞬にして心を固まらせた。

「お母さん……おばあちゃん、本当に倒れたの？」

最初はしらばくれていた母も、私の追求に遂に白状した。

それによるとどうやら、祖母が体調を崩したのは事実のようだったが、倒れたというのは誇張で、季節の変わり目に少し風邪を引いただけらしかった。

祖母のことは心配ない。それに関しては安心したが、そうなるとわざとらしい嘘《うそ》まで吐いて私を帰省させようとした母のことが問題だった。そのことを指摘すると、

「だってそうでも言わないと、あなた帰ってこないじゃない。それにおばあちゃんに顔を見せに来てっていうのは本心よ。おばあちゃんだって会いたがってるんだから」

母は開き直って言った。

「確かに祖母はもう高齢だし、私だって会いたくないわけじゃないのよ」

「だったら帰ればいいじゃないか。何か問題でもあるのか？」

チカが首を傾《かし》げるのに、私は思わず身を乗り出す。

「問題？　大ありよ。母はね、ただ帰って来いって言ってるんじゃないの。『彼氏』を連

れて帰って来いって言ってるのよ。つまりあんたよ」

フンと荒っぽく鼻を鳴らして私が言うと、チカは「ああ」と唸るように言い、曖昧な笑みを浮かべた。

チカと偽装カップルになり「さざんか」で暮らすようになった後、両親には「彼氏がいる」と伝えた。そもそも偽装カップルの提案をチカから受けて了承したのも、両親からの結婚の催促を遠ざけるためだった。計画どおり「彼氏」の存在を知った両親からは、たまに「会わせなさい」と連絡はあっても結婚の催促をされることはなくなったから、私もひとまずはホッと胸を撫《な》で下ろしていたのだが……。

「そろそろ限界なのかしら」

私は髪の毛に手を突っこむと、ぐしゃぐしゃとかき回した。

「私が『彼氏』と行くのを渋っていたらだんだんと本音を出してきたわよ。紹介もできないほど変な男なのかとか、彼氏なんて本当はいないんでしょうとか」

「……当たらずと言えども遠からずだな」

苦笑しながらチカが言うのに、リコも弱々しく笑う。それには私も笑って返すしかなかったが、口から出たのは思った以上に乾いた笑いだった。私は「はあ」と息を吐くと、ソファの上で膝を抱える。

「しまいには仕事のことまで口出ししてきたわ。営業中に電話をしてくるから店が終わったらこっちから連絡するって言っただけなのに、そしたら何て言ってきたと思う？　そんなに一生懸命仕事してどうするの、女には仕事よりも優先しなくてはならないものがあるのよ、だって。本当ふざけてるわ」

それで口喧嘩になったのが昨夜のことだった。仕事に集中している間は良かったものの、終えてみればどうにもむしゃくしゃが収まらない。一杯だけ飲んで行こうと思い店に立ち寄ったが、苛立《いらだ》ちのまま杯を重ねてしまい今に至るというわけだった。

だが、アルコールの波に意識を溺れさせながらも、私はぐるぐるといろいろなことを考えていた。このままではラチがあかないことも、こういう時のための「偽装カップル」なのではないかということも。

「このままのらりくらりとかわし続けても同じことの繰り返しになるわ。だったらいっそ、親に『婚約者』を会わせたほうがいいんじゃないかと思ったの。だから……」

「なるほど」

ため息混じりに言うチカを、私はじっと見つめた。チカはマグカップに残っていたコーヒーを飲み干すと、まずそうに顔をしかめる。きっと冷めきっていたのだろう。チカは空っぽになったマグカップをしばらくの間、見つめていたが……。

「これも偽装カップルの務めか」

あきらめたように言うのに、私は頭が痛いのも気持ち悪いのも忘れてにっこりと笑った。

と……。

「だったら僕たちも一緒に行こ！」

いつの間にやって来たのか、コウが横からチカに飛び付いてきた。

「……離れろ」

子供のように背中に飛び付いているコウを、チカは唸るように言いながら押しのける。コウはそんなチカの態度を気にする風もなくあっさり離れると、チカの隣にあぐらをかいた。

「コウ。今何て言ったの？　一緒に行くって？」

「そうだよ。ケイちゃんの実家って北海道でしょ？　僕、前から行ってみたかったんだよね、北海道」

「光介《こうすけ》、お前どこから話を聞いてたんだ？」

「リビングの外で、だいたいのことはね。慧ちゃん、声大きいんだもん」

「普通に入ってくればいいのに……」

と、言ったのはリコだ。コウは悪戯《いたずら》っぽく目を細めると、体をゆらゆらと揺らした。

「ねえ、リコちゃん。リコちゃんも一緒に行きたいんじゃない？」

「え……」

「気になるでしょ、ケイちゃんとチカくんのカップルぶり」

「それは、ええと……」

「何も一緒にケイちゃんの実家まで押しかけようってわけじゃないよ。ケイちゃんとチカくんが家に行っている間、僕とリコちゃんは観光でもしてるよ。ね、リコちゃん」

「うん、そうだね……！」

光介の笑顔につられたのか、花が咲いたようにパッと顔を明るくしたリコは大きく一つ頷くと、

「私も、慧ちゃんの故郷に行ってみたい」

いつになくはっきりとした口調で私の腕を引いた。

はあ、とチカがため息を吐く。私はやれやれと苦笑する。それが返事だった。

＊

北海道といっても、札幌《さっぽろ》の住宅街となれば東京とそれほど変わったところはない。もちろん冬になれば雪に覆われて北国らしくもなるが、今みたいな初夏の季節は、住宅街なんて都市圏なら見た目はだいたい似たようなものなのではないかと思う。

札幌駅を出て地下鉄を乗り継ぎ、円山《まるやま》公園駅で降りた私は、チカと並びながら久しぶりの道を歩いていた。コウとリコとは札幌駅でいったん別れた。

円山公園は、深い山々に見守られるように動物園や公園、神社、それに住宅街が広がる。公園に行けば木々をシマリスが走るほど緑豊かだが、街に入ればおしゃれなお店が軒を並べる。札幌市内では住みたい街ランキングの上位に入る人気のエリアだというが……。

「いい所だな」

「そう？」

チカの言葉に、私はわざとそっけなく答えた。

「観光スポットならともかく、こんな住宅街なんか東京と対して変わらないでしょ。同じ住宅街なら、私は『さざんか』のある街のほうが好きよ」

「そう言ってくれるのは嬉《うれ》しいが、俺から見ると結構違うぞ。まず空気が違う」

「空気？　それはまあ、北海道のほうがキレイかもね」

「だが、においは似ている」

「におい？」

「街を形作る人間のにおいとでも言うかな。まあ、俺の個人的な感覚だ。気にするな」

「ふうん……あ、そこ右よ」

緩やかな坂道をのろのろと歩いていた私が言うと、チカは頷いて爪先の向きを変える。チカは時々こういうよくわからないことを言う。脚本家という職業のせいなのか、それともそもそもチカがそういう人間なのか、あるいは両方なのかそれはわからないけど。

（でも、言われてみると……）

私はチカの一歩後ろを歩きながら、ふと、上を見上げた。よく東京から田舎へ帰ってくると空の広さを感じて驚いたなんて話を聞くが、私はそれほど違いがわからない。そもそも違いがわかるほど空を見上げていないということもあるかもしれないけど、確かにここはどことなく「さざんか」のある街に似ている気がした。緩やかな坂道が多かったり、閑静な住宅街の中にひょっこりと畑が顔を出したり、緑豊かな公園があったり……。チカの言葉を借りるなら「におい」が似ているとでもいうか。

私は勢いよく息を吐くと、歩く足を早めた。自分の気に入っている街が、足が遠のいていた故郷に似ている。それは何となく良い気分のしないものだった。

帰ってくるのは、三年ぶりだった。

「佐藤《さとう》カツヤと申します。ご挨拶が遅くなり申し訳ございません」

白色灯の光が写りこむ一枚板の座卓に額を付けるように深々と頭を下げたのは、もちろんチカだ。チカの隣には私が座り、座卓を挟んで向かいには、私の父と母が座っている。

佐藤カツヤ。テレビドラマを作る制作会社のプロデューサーの三十八歳。

そんな嘘の名前と肩書きを使うことにしたのは、私の提案だった。チカは、それなりに名前の知られた脚本家だ。ペンネームも使わず本名で仕事をしているし、「克哉」と書いて「カツチカ」なんてちょっと珍しい名前だから、すぐに本人だとバレてしまう。バレても良い場面なら問題ないが、何しろ今回は嘘を吐きに来ているのだ。

その嘘が、巡り巡ってチカに何らかの不利益を与えてしまうことが、絶対にないとはいえないではないか……。

最初、チカは私の両親に気を遣っているのか「そこまでしなくていい」と渋っていたが、私が強弁に主張して、半ば強引に納得させた。今の世の中、自分でも思いがけないところで事実がねじ曲がり、悪く言われてしまうかもしれないのだ。

とにかく、チカは佐藤カツヤとして、私の両親に会いに来た。

私は、頭を下げているチカを横目に、向かいの父と母を見た。三年ぶりに見る二人の顔は、ずいぶんと老けて見えた。母の髪は半分以上も白かったし、父の首はずいぶんと皮膚が垂れた。

（たかだか三年くらいなのに……）

自分の中にある両親の姿との差異に、私は少し戸惑った。

チカは様子を窺《うかが》うようにしばらくそのまま動かなかったが、やがて静かに頭を上げると、まっすぐに背筋を伸ばした。

「慧さんとは……結婚を前提にお付き合いさせて頂いております」

「そう、結婚を前提に」

「…………」

母は頬に片手を当ててしみじみと、父は腕を組んだままじっと目を閉じている。私はイライラした気持ちが湧いてくるのをどうにか抑えこみ、二人を見つめていたが……。

「良かったわねぇ！　ねぇ、お父さん」

突然、母が両手をぽんと合わせ、頭に響くような高い声で言った。父は何も言わないが、腕を組んだまま「うんうん」と頷いている。

私はつい、ぽかんと口を開けて両親を見つめた。

「良かったわねえ、良かったわねえ」と壊れたオモチャのように繰り返す母。「娘をよろしく」とありきたりな台詞をモゴモゴと言いながら笑っている父。どこか過剰な喜び方が、嘘くさくてしょうがない。

「あのさ」

苛立ちと腹立ちの混じった気持ちがつい声に出てしまい、咄嗟《とっさ》に咳払《せきばら》いをする。チカがちらりと睨んでくるのがわかる。私はこっそり深呼吸をし、気持ちを落ち着けてから、再び口を開く。

「私が言うのもなんだけど、そんな簡単に喜んでいいの？　カツヤさんのこと、まだ何も知らないでしょ。自己紹介しただけじゃない」

「あら、いいに決まってるじゃない」

「何で？　カツヤさんがどんな人かとか、仕事はどんなことをしているのかとか、気にならないの？」

「慧が選んだ相手なら、間違いはないだろう」

言葉を噛《か》みしめるように頷きながら言う父に、私は自分の眉間にしわが刻まれるのを感じた。これではまるでチカだ。チカの眉間にはしょっちゅうしわが寄っているから……。

しかし、そのチカは今、笑ってもいないが眉間にしわを寄せてもいなかった。どちらかというと困惑しているような顔で、身じろぎ一つせずに正座をしている。

別に詮索して欲しいわけでも、もちろん反対して欲しいわけではない。そもそも変に追及をされたら困るのは私たちなのだから、あっさりと話が終わってくれるに越したことはない。

ないのだが……。

「ねえ、お父さん。お母さんも……」

もう少し話をと言いかけたが、それは母親の「そうだ！」という高い声に遮られた。

「お腹空《なかす》いてない？　夕飯にはさすがに早いけど、メロンがあるのよ」

「ちょっとお母さん！　そんなのいいから」

「朝、俺が買ってきたんだ」

へにゃへにゃと筋肉をどこかに忘れてきたような笑顔を浮かべながら言う父に、私は肺の中が空っぽになるかと思うくらい盛大にため息を吐いた。もう何をどうしたらいいのかわからない。

隣に座るチカを見ると、チカも拍子抜けをしたような顔をしてゆっくりと大きく肩を膨らませていた。チカの目がこちらを向く。私が目くばせを送ると、チカは困ったように小さく笑った。

その夜は、

「もう、奮発しちゃったわよ」

と言う母の言葉とおり、座卓にはこれでもかと料理が並んだ。洗面器のような大きさの寿司桶が三つ、刺身にちらし寿司、天ぷら、ザンギ、サラダと、四人分とはとても思えない。それなのに、母はまだキッチンから出ようとしない。

「……普通で良かったのに」

冷蔵庫からタッパーを取り出しながら言うと、母はお吸い物の味を確かめながら鼻をフンと鳴らした。

「何言ってんのよ。はるばるこんな所まで来てもらってるのに、そういうわけにはいかないじゃない」

「来させたのはそっちでしょ」

苛立ち紛れに冷蔵庫を閉じると、つい手に力が入ってしまった。バンッと強い振動が壁を揺らすと、母は呆れたように息を吐く。

「何よ、まだ怒ってるの？　おばあちゃんのことは謝ったでしょう」

「別に怒ってはいないけど」

祖母はこの家から車で十分程のところで、母の兄家族と一緒に暮らしていた。まだ明るいうちに顔を出してきたが、ちょうど昼食を取っていた祖母の前には空っぽになったラーメンがどんと置かれていた。

その光景を思い出すと、自然と苛立ちや安堵《あんど》の混じった息が漏れた。

タッパーの蓋を開けると、濃い醤油色のタレの中に薄茶色の煮卵が浮かんでいた。

「ねえ、結婚式は東京でやるの？」

「だから、そういうことはまだ先の話」

煮卵を糸で切る。真ん中が少しだけ溶けたほど良い半熟卵に、思わず喉が動いた。「そっちの黒いお皿に盛ってね」と言う母に、私は黙って頷く。

「それにしても、良さそうな人で本当に嬉しいわ」

「良さそうって、大して話もしてないくせに。どこをどう見て『良さそう』って判断してるのよ」

満面の笑みを浮かべてお盆に切り分けたメロンを持ってきた母の顔が思い出され、私はつい舌打ちをしそうになったが、それはどうにか堪《こら》えた。その代わり、糸で切っていた手元が狂い、最後の煮卵はずいぶんと歪《いびつ》な半球になってしまった。

メロンを食べながら、母はカツヤと朗らかに言葉を交わしつつも、肝心なことを避けているようなところがあった。「慧のことをよろしく」とか「仕事ばかりで色恋に疎くて」とか、私をダシにしたそんな話ばかりしていた。その隣で、父はニコニコと笑うだけで何も言わず、メロンを食べ続けていた。

皿の上に、半分に切った煮卵を並べる。黒い皿に鮮やかな黄色はよく映えた。冷蔵庫にあった刻みネギをかける。黒に黄色に、鮮やかな緑。少しだけイライラが落ち着く。

「あら、いいじゃない」

「一応プロだから。ネギ、ここ置いとく。お吸い物に使うでしょ」

早口に言うと、私は煮卵を乗せた皿を持って母に背を向けた。キッチンを出る寸前、

「これでやっと、肩身の狭い思いをしなくてすむわ」

ぼそりと呟いた母の声が聞こえた。

チカたちのいる客間はリビングを出て、廊下を挟んだ向かいにある。

客間に入ると、チカと父がビールを注ぎ合っているところだった。

「……小さな学生サークルですから、大したものじゃありませんよ」

二人の会話は途中で、何の話をしているのかわからなかったから、私は黙って煮卵の皿を置き、チカの隣に座った。

「実は私もね、ボランティアで子供向けの演劇みたいなものをするんだよ」

「そうなんですか」

と、意外そうな声を上げたのはチカだが、煮卵の皿を置きながら私も同じことを思った。

父は既に仕事をリタイアしている。毎日何をして過ごしているのかと思っていたが、そんなことをしていたとは。

「私は雑用係みたいなものだよ。カツヤくんみたいな専門家が見たら、きっとおままごとみたいなものだと思うよ」

「そんなことないと思いますが」

チカは、いつになく笑顔を保っていた。

「さざんか」にいる時は、例え機嫌が良くてもニコニコ笑うタイプではないのに、今日は眉間をつるんと伸ばし、口角は常に上がっている。その姿に、私は思わず両手を合わせたくなった。

「いや、本当に嬉しいよ。娘の相手がカツヤくんみたいな人で。みんなに自慢できるよ」

「褒め過ぎですよ」

「いやいや、まだ褒め足りないくらいだ。ま、ほら、呑《の》んで」

「いただきます」

「いや、嬉しいね。うちは娘一人だったからね」

「そういうものですか」

「カツヤくんも、子供を作るなら娘と息子、両方頑張ったほうがいいよ。娘は、父親には冷たいからねえ」

「お父さん！」

さすがに堪《たま》り兼ねて声を上げると、父は心底驚いたというような顔を向けてきた。しかし、私の目に反発と怒りが思い切りこめられていることに気が付いたのだろう。ハッとした様子で、

「そうか。今の時代、こういうのセクハラっていうんだよな」

まだ半分くらい残っている自分のグラスにビールを注いだ。だが、私の気持ちは収まらない。

「時代なんか関係ない、デリカシーの問題よ。信じられない」

思わず語気を強めると、父は叱られた子供のように背中を丸め、グラスのビールをちび

ちびと飲んだ。さらに言葉を重ねようと口を開きかけた時、目の前にスッとグラスが差し出された。チカだ。

「それ以上はいいだろ」

静かに言われて、私も喉が詰まった。黙ってグラスを受け取ると、チカがビールを注いでくれる。黄金色の液体が小気味良い音を立てながら瓶から流れ落ち、細かな泡の音が微《かす》かに弾《はじ》けた。

ぐっとグラスを傾ける。目の端にホッとしたような様子の父が見えた。私はまたムカムカとしてくる気持ちをごまかすように、寿司を一つ口に放りこんだ。しかし、好物のはずの中トロはまったくおいしくない。とろりと舌に絡むマグロの脂に、ほんのりと温かさを感じるシャリ。いつもなら幸せでとろけそうになるのに。

おかしい、と思った。父も母もおかしい。

過剰ともいえる喜び方をする母。無条件にチカを褒め続ける父。そのくせ、チカのことを知ろうとはしない。

(結婚すれば、相手は誰でもいいってわけ?)

三年、たった三年会わなかっただけなのに、私には父と母がまるで異質な、私の知らない人になってしまったような気がした。三年という時間よりもずっと大きな壁が、私と両親の間にはできてしまったのかもしれない。

——これでやっと、肩身の狭い思いをしなくてすむわ。

母のあれはきっと、誰にも聞かせるつもりのなかった言葉だろう。だが、そんな言葉こそが本心なのではないだろうか。

父のデリカシーのない言葉だって孫欲しさゆえの発言だったのかもしれない。父の年齢ともなれば、友人たちとの話題は健康か孫のことだろう。自分も、と思う気持ちは理解できるし、否定もしない。

(だけど、これは違うんじゃないの)

男と女で結婚して、子供を生んで、そんな生活を送らなければ、両親にとって私は「肩身の狭い」存在なのだろうか。

両親が望んでいるのは、結婚して幸せになる私ではなく、結婚して「普通」という型にはまった私なのか。

父の傾けた瓶ビールが空っぽになった。一滴の雫《しずく》を振り落とし、赤い顔で腰を上げようとする父を、「私が行くから」と制す。

逃げるように客間を飛び出す。

上顎に張り付いた海苔《のり》のような不快な気持ちが、どうしても離れてくれなかった。

*

お風呂で熱いお湯に浸かると、モヤモヤした気持ちが僅《わず》かばかり解《ほぐ》れた気がした。温かいお湯というのは、体だけではなく気持ちも解してくれるから好きだ。

濡《ぬ》れた頭をバスタオルで拭きながらリビングへ向かう。ショートヘアになってから、夏場はドライヤーをサボることが増えてしまった。女としてどうなのかしら、と思わないことはないのだが、女だろうが何だろうが面倒なものは面倒で、美意識よりも面倒な気持ちが勝ることとなんてざらにあるのだ。

そんなことを考えながら冷蔵庫を開けて、麦茶を取り出す。グラスに注いで一気に傾けると、全身がスポンジになってしまったかのように麦茶が染み渡っていった。

「ふぅ……」

冷えた喉をなだめるように息を吐いた時だった。

「慧」

不意に聞こえてきた父の声に、私は持っていたグラスを取り落としそうになった。どうにかグラスを持ち直しながらふり向くと、パジャマ姿の父が、気まずそうに首をかきながら立っていた。上も下も、何の柄もない灰色のパジャマを着こんだ父は、夕食の席で見た姿よりもさらに老けているように見える。

「お父さんがキッチンに来るなんて、珍しいんじゃない?」

父は、料理をしない。母が料理にこだわりを持っているから父を入れなかったということもあるが、元々料理には興味がないタイプであることも間違いない。そんな父が一人でキッチンに来る理由は、水かお茶か、あるいはお酒か。もしくは、

「この三年で料理をするようになったの？」

私が聞くと、父は「いや」と目を泳がせながら首を振った。

「ヨーグルトに、はまっているんだ」

「は？」

「ちょっと……ヨーグルトメーカーを手にする機会があってね。意外と簡単に使えるし、ヨーグルトは腹に良いから」

「ヨーグルトメーカー……へえ」

自分が驚いているのか戸惑っているのかよくわからないうちに、父は棚からヨーグルトメーカーを取り出し、セットし始めた。ヨーグルトメーカーは、市販のヨーグルトを加えた牛乳パックを直接セットし、加熱、発酵することでヨーグルトを作るというものらしい。

何となく眺めている私の視線の中、父は手慣れた様子で、あっという間にセットし終えた。一晩置いておけば、朝にはヨーグルトを食べることができるのだという。

「ふうん……」

つい興味がわいた私は、一瞬、父のことをすっかり忘れてヨーグルトメーカーを眺めた。だから、用事を終えたはずの父がなぜかキッチンに留《とど》まり、そのくせもぞもぞと居心地悪そうに身を動かしていることに気が付かなかった。

「なあ、慧……その、さっきは悪かった」

「え、何？」

唐突な謝罪に、私は父をふり返った。

父は私と目を合わせないようにしているのか、冷蔵庫にくっ付いているマグネットを付けたり外したりしながら、口の中で言葉を転がすように言った。

「夕飯の時……気を悪くしただろう？　デリカシーのないことを言った……」

「ああ……」

ようやく父が何を謝っているのか理解した私は、内心で深々とため息を吐いた。あの時は腹が立ってしょうがなかったが、時間が経《た》ってみると、父も悪気があったわけではなかったということくらいはわかった。まあ、悪気がなかったら良いといっていいのかはわからないけど……。

「もう、いいよ。私も、ちょっと言い過ぎたかもだし」

「そうか。だが、悪かった」

「いいって」

沈黙が落ちる。それが耐え難くて、私は「おやすみ」と言ってキッチンを去ろうとしたのだが、

「慧」

慌てた様子の声とガチャという扉を開ける音が私の足を呼び止めた。見ると、父が冷蔵庫から青いタッパーを取り出していた。

「ちょっと、食べてみないか？　ヨーグルト」

「え……」

どうやらタッパーの中にあるのは、父が作ったヨーグルトらしい。


家の中はとても静かだ。

時刻は十一時を回っている。母はもう二階の寝室で寝ているらしい。客間にいるチカはまだ起きているだろうが、物音一つしない。

そして、父と私は、そんな静かな夜に包まれているリビングの食卓で、ヨーグルトを挟んで向かい合っている。

（何、このシチュエーション……）

三年ぶりの実家で、夜中と言ってもいい時間に、父とヨーグルトを食べる。

「どうだ？　味は」

「まあ、おいしいよ」

市販のものより、少し酸味が強いだろうか。舌の上に乗るとさらりと溶けて、後味も悪くない。だが、それだけだ。まずいわけではないが、特別においしいわけではない。要するに、普通だ。

（いっそすごくまずかったら話題になるのに……）

気まずい沈黙が石になって首の後ろに圧《の》し掛かってくるようだ。スプーンを口に運びながらちらりと父を見ると、父は黙々とヨーグルトを食べていた。

灰色のパジャマで、背中を丸めながらただひたすらヨーグルトを食べている父。

何となく、腹が立ってきた。

ヨーグルトを食べないかというのは口実で、父は私と話をしたいのかと思った。仕事の関係もあって、私たちは明日、東京に帰る。経緯はともかく自分で帰ってきたのだから、ギクシャクしたまま逃げるように帰るのはどうかと思ったから、父の誘いに乗った。

しかし、いざ向かい合ってみると何も話さない。まさか本当にヨーグルトを食べて欲しかっただけなのか……？

こうなったらさっさと食べて部屋に戻ろう、と思った時だった。

「慧は、母さんの話、聞いたことあるか？」

やっと父が口を開いた。しかし、その言葉の意味がわからない。私が首を傾げていると、父もさすがに言葉足らずだったと思ったのだろう。しばらくスプーンでヨーグルトをかき混ぜていたが、

「慧を授かるまでの話だ」

と、言った。

しかし、私はますます意味がわからなくなって、瞬きを繰り返した。いや、言葉の意味はわかる。ただ、父が一体何を言いたいのかわからなくて、ついていけなかったのだ。

そんな私の気持ちを知ってか知らずか、あるいは父も自分の話をすることに必死なのか、ヨーグルトをかき混ぜるスピードがどんどん早くなる。

「母さんは、その、慧を授かるまでにいろいろと苦労したんだ。結婚してからずいぶん授からなくて、いろいろ、努力した。今は、そういう話も珍しくないんだろう？　だが、昔はな……まあ、いろいろあったよ。母さんは、大変だったと思う」

「そうなんだ……知らなかった」

だけど、と思う。父は、今その話を私に伝えて、何を求めようとしているのだろう。待ち望んだ一人娘なのだから早く晴れ姿を見せろ？　それとも、そんな苦労の末に産んだのだから親孝行をしろ？

いささかひねくれた考えだと、自分でも思うが、どうしても考えてしまう。

すると、父はずっとヨーグルトをかき混ぜていたスプーンを置くと、顔を上げた。正面から父の目が向かってくる。私は思わず背筋を伸ばした。

「母さんは、心配してたんだ。慧は昔から、母さんと体質が似ているところがあっただろう？　慧も同じような苦労をするんじゃないかって。だから、もし慧が子供を望むなら、なるべく早く結婚して欲しいって」

「そんな」

「もちろん根拠のない心配だよ。慧にとっては余計なお世話だと思うが」

「本当よ」

私は器を手に取ると、残っていたヨーグルトを一気にかきこんだ。口の端からヨーグルトが漏れる。父がティッシュ箱を差し出してきたが、私はそれを無視して、手の甲で乱暴に拭った。

「余計なお世話なのはもちろんだけど、そんな話を私にしてどういうつもりなの？　だからさっさと結婚して、子供を産めって？　心配だから？　無茶苦茶だわ」

「違う、そうじゃない。俺はただ、母さんがそういう心配をしていたんだということを知って欲しかっただけで……いや、いいんだ。慧は気にしなくていい。親の勝手な心配だったな」

「そんなの卑怯《ひきよう》よ！」

気が付いたら叫んでいた。

静けさに包まれた家が驚いたように揺れる。しかし、構わなかった。母が起きてきても、チカが客間から出てきても、構わない。

「気にしなくていいなんて言われても気になるわよ、知っちゃったら。気にしないようにしたって頭の隅にはずっと残ってるわよ。それを見つけるたび、私はお母さんやお父さんに罪悪感を抱かなきゃいけないのよ」

「罪悪感って……」

父の戸惑う声に、ハッと我に返る。

「そんなもの感じる必要はないだろ？　慧はこれから結婚するんだ」

「それは……」

沸騰していた気持ちがサァと冷めていくのがわかった。喉が詰まる。息が苦しかった。

そうだ、父はただ、婚約者を連れてきた私に、母がこういう心配をしていたのだと話しただけだ。だけど、その心配ももう不要になるな、と。

しかし、本当は違う。

私は結婚なんかできない。いや、これから先、日本でも同性婚が認められるかもしれないし、同性同士でも何らかの方法で子供を授かることができるようになるかもしれない。だが、今の私にとって、それは宇宙人と遭遇するような未知の出来事だ。とても現実には感じられない。

母や父のどんな想《おも》いを知ったところで、私にはどうすることもできない。娘の身を心配する気持ちにも、孫という存在に憧れる気持ちにも、私は応えることができないのだ。本当の気持ちなんか聞かされても、私には重荷にしかならないのだ。

「もう寝る」

私はヨーグルトの残りかすがこびりついた器とスプーンを流しに置くと、そのままリビングを出た。

「慧」

父の弱々しい声が聞こえたが、私は聞こえなかったふりをして、逃げるように客間に飛びこんだ。

「何かあったのか?」

客間に飛びこむと、ノートパソコンをいじっていたチカが怪訝そうな顔を向けてきた。リビングと客間は廊下を挟んですぐだ。まさか会話は聞こえていなかったと思うが、思わず叫んでしまった私の声は聞こえていたはずだ。

私はチカに全てをぶちまけてしまいたい欲求にかられた。しかし、うっかり口を開いたら収まりのついていない気持ちがまた暴走してしまいそうだ。それは嫌だった。

「仕事？」

結局、口から出てきたのは、そんなそっけない言葉だった。もっとも、その態度が「何かあったのか」という問いに対する肯定の返事のようなものだったが……。

チカは、きっと私の気持ちを察してくれたのだろう。「少し確認していただけだ」と言いながら、ゆったりした動きでキーボードを叩いていた。狂ったように早いキーボードを叩く音は苛立ちをぶつけられているような気持ちになるが、ゆっくりとした規則正しい音は、不思議と気持ちを落ち着かせてくれるような気がした。

私は、数秒かけてゆっくりと息を吸い、また数秒かけて息を吐いた。

客間には、二組の布団が並んで敷かれている。ここでは、私とチカは「婚約者」なのだから当然といえば当然かもしれないが……。

「ごめんね、いまさらだけど。相部屋で」

私は少しでも距離を取ろうと、中腰になって一組の布団をぐいぐいと引っ張った。客間といっても六畳程度の和室だ。いくら距離を取ってもたかがしれているというものだし、チカがそれほど気にしていないこともわかっていたが、それでも今はこんなことでもしていたかった。

「言いたくないなら言わなくてもいいが」

壁際に布団を押し付けていると、チカがノートパソコンを閉じながら言った。

「言いたいことを言わないのは、慧らしくないぞ」

心臓が大きく揺れた。チカはパソコンをバッグにしまい、接続していたアダプターをきっちり折り畳むようにまとめていた。さりげなさを装おうとしてくれているのかもしれない。その様子が何となくおかしくて、私はつい小さく笑った。それに気が付いたチカが、眉間にしわを寄せてふり向く。

「何だ」

「ううん。実はさ……」

私は距離を取った布団の上にあぐらをかくと、チカに父との会話を語って聞かせた。同じように布団の上であぐらをかいていたチカは、時折「なるほど」とか「ほう」とか相づちを打つだけで、後は黙って私の話を聞いてくれた。

「わかってるわよ。お父さんは、婚約者を連れてきた娘に、お母さんはこんな心配をしてたんだぞって言いたかっただけだってことくらいは……でも、それって言い換えれば、こんなに心配していたんだからこれまでのいろいろうるさかったのは許せよって言っているようにも聞こえるじゃない？　そんなの卑怯だと思うのよね」

それまで肯定も否定もしない相づちしか打っていなかったチカが、僅かに目を見開いた。

しかし、私はチカがどうしてそんな顔をするのかわからなくて、首を傾げる。

「何？　私、何か変なこと言った？」

「変というか、疑問だ。本当のことを言うのは、卑怯なことなのか？」

「え？」

「今の慧の話は、そういうことにならないか？」

「それは、だって……」

「本当のことを言うのが卑怯なら、嘘を吐いている俺たちは、何なんだ？」

「何って……」

胃袋が誰かに握られているかのように痛んだ。さっき食べたヨーグルトが熱を帯びたかのように熱い。じっと座っていられないようなソワソワした気持ちが全身を巡り、辛い。

実家に帰ってきて、チカと共に両親に挨拶をした時から覚えていた違和感が、鎌首を上げるように思い出されて体温が上がる。

この家は、まるで仮面を被っているようだ。

父も母も、本音を言っているようで言っていない。耳ざわりの良い言葉を選び、相手にぶつけることで、自分の思いどおりに相手が動くように誘導しているような気さえする。

しかし、そうさせているのは私自身。この嘘の発端は全て私で、最初に仮面を被ったのも、私だ。

「私、ちょっと出てくる」

「は？　こんな時間にどこ行く気だ」

「ドライブ。心配しないでいいよ、昔はよく車であっちこっち行ってたんだから」

「おい、慧……」

チカの言葉が終わる前に、私は客間を出た。

（今日は逃げてばかりね、私……）

自嘲気味に笑いながら、私は玄関のサイドボードに置かれている車のキーを取り上げ、外に出た。

ひやりと冷たい空気が、火照った体をくすぐりながら通り過ぎて行く。東京では感じることのでない夏の夜の風。そこに感慨深さを感じるほど北海道に未練はないつもりだったが、懐かしい風は否応《いやおう》なく古い記憶を蘇《よみがえ》らせた。

＊

私が初めて自分の運転で夜の幌見峠《ほろみとうげ》に行ったのは、専門学校へ入学する少し前だった。幌見峠はラベンダー畑と夜景が美しいスポットで、夜景は日本夜景遺産にも認定されているほどだ。ただ、バスや電車では行くことができないから、車で行くしかない。

山道は舗装こそされているものの、峠と名前がつくくらいには勾配が急で、明かりもほとんどないから夜の運転はなかなか緊張した。駐車場に辿《たど》り着いた時には、ハンドルを握る手も、座席に触れている背中も太ももの裏も足の裏も、全て汗びっしょりだった。

だが、一気に緊張から解き放たれた状態で見る夜景はとてもきれいだった。

幌見峠の展望台は駐車場でもある。駐車スペースに頭から車を入れれば、すぐ目の前が札幌の夜景なのだ。

真っ黒な山の稜線《りょうせん》の向こうに広がる光の海。あの光の一つ一つに、人の営みがある。広大な自然を前に人は己の小ささを感じるというが、小さな光を一つ一つ守って作り上げられた町を見ると、励ましの声をかけられているような、人もまだまだ捨てたものではないと思えるような、穏やかなやる気が生まれてくる。

幌見峠には昔から何度も通っていたし、夜景も初めて見たわけではなかったが、この時の夜景は私の頭の中のアルバムにしっかりと焼き付けられた。

「じゃあ、ここは慧ちゃんの思い出の場所なんだね」

助手席に座るリコの言葉に、私は思わず鼻の頭を指で弾いた。

「そうはっきり言われると、少し恥ずかしい気もするけど」

「何で？　私は嬉しいよ。慧ちゃんの思い出の場所に来られて……」

裏表のない素直な言葉が、凝り固まっていた心に沁みた。

（やっぱり……リコが隣にいると安心する）

私はシートベルトを外すと、シートを少し後ろに倒した。大きく息を吐くと、背中がシートに沈みこんでいくようだ。「気持ち良さそうだね」と、隣でリコもシートを倒した。

駐車場には、私たちの車しかない。人の気配も明かりもない真っ暗な空間で、私たちはまるで世界に取り残されたみたいだった。

一時間前——。

車で家を出た私は、思い立ってリコに電話した。時間が時間だけに躊躇《ためら》いがなかったわけではないが、リコは数回の呼び出し音の後、電話に出てくれた。だが、その声はビニール袋をかけられたようにくぐもっていて、いつも以上に小さかった。

「ごめん、寝てたよね」

「うん、まあ……どうしたの？」

「あのさ、ちょっと今から、出られないかな？」

ドライブ夜景デートをしようと言うと、リコの声はそれまでくぐもっていたのが嘘のようにパッと明るくなり、「行く！」と言ってくれた。

それから、私はリコの泊まっているホテルへ向かい、リコを拾ってから幌見峠へと車を走らせたのだった。

「きれいだね……さっきから同じことばっかり言っちゃうけど」

シートに身を預けたまま、リコがどこかぼんやりとした声で言った。確かに、リコはもう何度も「きれい、きれい」と繰り返していた。

「きれいなものはきれいでいいのよ。変に飾り立てて、嘘っぽくなるよりね」

「そっか」

「そうよ」

会話が途切れる。私は、シートの上で身じろぎをした。

本当は、もっと話したいことがあった。だが、何となく切り出し方がわからなくて、当たり障りのない会話ばかりを繰り返してしまう。

(言いたいことを言えるのが、私の取柄のはずなのに)

ついさっき、チカに「らしくない」と言われたことを思い出す。そうだ、モノをはっきり言うのが私らしさのはずだ……。

「ねえ、リコッ……痛っ⁉」

「えっ、慧ちゃん⁉」

勢いを付けてシートから起き上がったばかりに、反動で持ち上がった膝を思い切りハンドルにぶつけてしまった。ガンッと激しい音が車内に響き、車体がぐらぐらと揺れた。頭の芯にまで響いた痛みに思わず唸り声を上げると、リコは心配そうに肩に手を乗せてきた。

「大丈夫？　膝？　どうしよう、骨とか折れてないよね？　救急車呼ぶ？」

そう言って、本当にスマホを取り出そうとするリコを見て、私は慌てて声を上げた。

「大丈夫！　折れてたらもっと痛いし、ぶつけただけだから」

「そう？　本当に？」

「本当よ。ていうか、さすがに救急車は……」

言いながらおかしくなってきて、私は思わず吹き出した。笑うたびに膝の痛みが強くなるのに、それでも笑いは止まらない。痛みに顔をしかめながら笑っているから、きっと今の私はおかしな顔をしているに違いない。

「ちょっと慧ちゃん、何で笑うの……」

言いながら、リコもおかしくなってきたらしい。ふるふると肩を震わせたかと思うと、次第に声を上げて笑い始めた。声を上げたといっても、口に手を当てて笑うリコの声は私の声の二分の一程度だが、リコにしてみれば大きいほうだ。

車内を笑い声が満たす。満たされた笑いは隙間から車の外に出て、真っ暗な夜の闇を少し押し広げてくれたような気がした。

ひとしきり笑い終えた私たちは、リコが買っておいてくれたチューハイで乾杯をした。私は白ぶどう味、リコはもも味。もちろんノンアルーコルだ。

白ぶどうのさわやかな香りが鼻を抜け、ほんのりとした甘みが舌を撫でる。私はチューハイの缶を傾けながら、父との会話、そしてチカと話したことを伝えた。

「私がチカに言われて腹が立ったのは、図星だったからよ。そもそも嘘を吐いている私が、両親を責める資格なんてないのよね」

「嘘……とは違うんじゃないのかな。誰だって、秘密の一つや二つあるでしょ？　例え家族に対してだって」

「そうね。でも、今回のことは間違いなく嘘だと思うし」

「……そっか」

「私、何のために嘘を吐いているのかなあ」

フロントガラスの向こうに広がる星空のような夜景が、水を垂らしたように滲《にじ》んだ気がした。気持ちがフワフワとする。飲んでいるのは、ノンアルコールなのに。

「傷つけたくないし、傷つけられたくないし。これまで築いてきた関係に、わざわざ波風を立てる必要もないと思っていたの。だけど、そう思ってきた結果がコレ。家ごと仮面を被っているような偽物の家族よ」

言葉を発するたび、白ぶどうの香りが車内に満ちていく。窓は開けているものの風はあまり吹いておらず、車内の温度は少しずつ上がっているようだった。肌がほんのりと汗ばみ、口に当てた自分の手が熱い。

「つまり慧ちゃんは、嘘を吐いてでも家族を守りたかったんだね」

「え?」

じっとフロントガラスの向こうを見つめていた目を隣に向ける。闇に慣れた目では、優しく微笑むリコの顔をしっかりと見ることができた。ふわりと、ももの香りが漂ってくる。

「思い描いていた結果にならなかったなら、やり直せばいいと思うよ。慧ちゃんはどうしたいの?」

「そうね……」

もう一度、フロントガラスの向こうを見る。

無数の光が広がる札幌の町。あの中のどこかに私の家の明かりもあるはずだ。

リコの言うとおり、私は家族を守りたかった。小さい頃から大切に育ててくれた両親のことを嫌いなわけがない。嫌いなわけがないから、嫌われたくない。しかし、私は両親の想いに応えることはできない。

「どうしたらいいのか、わからないわ」

煙草の煙を吐くように――煙草なんて吸ったことはないけれど――言った言葉は、開け放った窓の向こうへ消えて行った。

＊

空はからりと突き抜けるように青く、見上げると遠くを飛行機がまっすぐに飛んで行った。

町から光が消え朝靄《あさもや》に包まれるまで、私とリコは展望台の駐車場で過ごした。お互いに頭を預けてウトウトしてから朝の山道を車で降り、リコはホテルへ、私は家へ戻ってきた。

空を割って走る飛行機雲を思わず目で追っていると、家の中から父の声が聞こえてきた。いつになく大きく早口なその声を不審に思いながら中に入ると、詰め寄る父に困惑した表情を浮かべるチカが目に飛びこんできた。

「ちょっとお父さん？　何してるの？」

「慧……」

と、言ったのはチカだ。珍しく人に助けを求めるようなチカの目に、私の不審はますます強くなる。

「お父さん、チ……カツヤに何を言ったの？」

父とチカの間に体をねじこみながら強い口調で言うと、父は両手を握ったり開いたりしながら少し後ずさる。

「別にそんな、変なことは言っていない。ちょっと頼みたいことがあってだな……」

「頼み？　何よ」

「実は、な。ほら、昨日、ボランティアをしているって言ったろ」

「ああ、子供向けの演劇だっけ」

「そのステージが今日あるんだ。私は休みをもらってたんだが、急に連絡が入って……ステージに出演する予定だった若いのが交通事故にあったと言うんだ。いや、怪我は大丈夫だ。さっき病院に行ったら、足の骨にヒビは入ったが命に別状はないってことだし」

「そう。それは不幸中の幸いで良かったわね……で、それがカツヤとどんな関係があるのよ？」

「だから、その……」

「俺に代役をやってほしいと言うんだ」

肩越しにふり返ると、チカは片方の眉をへの字を逆にしたような形に曲げて、私と父を交互に見てきた。感情が顔に出ることの少ないチカだが、今ばかりはさすがに困惑している気持ちが顔から滲みだしているようだった。

「カツヤくん、学生の頃に演劇サークルに入っていたと言ったろう。だから」

「ちょっと、ちょっと待ってよ。お父さん、何言ってんのよ」

再び詰め寄ってくる父を、私は思わず手で制した。つまり父は、その怪我をしたメンバーの代わりに、チカにそのステージとやらに出演しろと言っているのか。

「そんな無茶な」

頭の中で状況をまとめた途端、そんな言葉が漏れた。父の目が泳ぐ。背後に立つチカの顔は見えないが「うんうん」と頷いているに違いない。

「だいたい他にメンバーはいないの？　何もカツヤに頼まなくたって」

「いたら頼んでない」

「…………」

切羽詰まった父の顔からは、確かに緊急事態なのだろうということは伝わってきた。こんなにも必死な父を見たのは久しぶりで、目の当《ま》たりにすると協力をして上げたい気にもなる。だが……。

（いくらなんでも強引過ぎる）

ほぼ初対面に等しいチカにこんなことを頼む父にも、様子を窺っているのか黙りこんでいる母にも腹が立った。それでも父は、そんな私の気持ちなんか気が付いてもいない様子でまくしたててくる。

「出演と言っても顔は出さないし、台詞もない。ステージ自体も三十分くらいで、カツヤくんの出番は実質五分くらいだ。どうにか頼めないだろうか」

そう言うと、父は深々と頭を下げた。そんな父を前にしては、私とチカはただ顔を見合わせることしかできない。それもまた腹が立つ。

「ねえ慧、カツヤさんも。お父さん、このボランティアにすごく熱心なの。出来る範囲でいいから、何とか手伝って上げてくれないかしら」

それまで黙っていた母が言うのに、チカはついに深々と息を吐いた。何も言うことができなかった私は、代わりに抗議の声を目いっぱい詰めこんで母と父を交互に睨み付けた。

*

「特撮戦隊シリーズのレッド役ぅ〜⁉」

と、素っ頓狂な声を上げたのはコウだ。

本当なら、実家を出た後にリコとコウと合流し軽く観光して東京へ帰る予定だったから、ほとんど押しきられる形で父の頼みを受けることになった私たちは二人に連絡をした。私は、

「二人で観光していて」

と、言ったのだが、話を聞いたコウはすっかり面白がって、

「僕らも行くよ！」

と、リコと共に駆けつけてきたのだった。

「レッドって、主役じゃん。チカくん、大丈夫なの？」

コウの問いかけに、レッドの戦隊スーツを着こんだチカは口を真一文字に結んだまま何も答えなかった。眉間にはいつも以上に深々としわが刻まれている。

私は、スタッフたちにペットボトルを配っている父を、思い切り睨み付けた。

舞台袖とはいえ、屋外に設置されたステージだからか中は比較的明るく、人の動きはよく見える。父は私の視線に気が付いたのかちらりとこちらを向くと、片手を上げて謝るような仕草をして、そそくさと出て行ってしまった。私は舌打ちをしたいのをぐっと堪える。

父の言ったことは、確かに嘘ではなかった。子供向けの演劇で、ステージ自体は三十分くらい。チカがやるのは「変身後のレッド」で、台詞は別の人がマイクで当てるからチカが言う必要はないし、マスクをしているから顔も出さなくていい。だが……。

（こんなの騙《だま》し討ちじゃない）

その思いが抜けなくて、私は奥歯を噛みしめた。第一、いくら台詞がないといっても、「変身後のレッド」と言えば一番の目玉で、何より、

「チカさん、アクションとかできるんですか……？」

リコが心配そうに言うのに私も、頷いた。だが、それに答えたのはチカではなく、コウだった。

「大丈夫じゃない？　チカくんってこう見えて筋トレが趣味だし、学生時代に所属してたのって時代劇サークルなんでしょ。殺陣《たて》の経験もあるんじゃないの？」

「え、そうなの？」

「昨日はそんなこと言ってなかったじゃない」

「……慧がいなかった時に、そんなことを少し話した」

なるほど、それで父はチカに代理を頼もうなどと思い付いたわけか。もっとも、だからといって父に対する苛立ちが収まったわけではないけれど……。

「……まあ、ここまで来たらしかたがない。慧、殺陣師の人はまだ来ないか？　できればすぐにでも稽古をしたいんだが」

「すぐ来るって言ってたけど……」

だが、辺りを見回す限りそれらしい人はいない。勝手に代理を頼んでおいて何をやっているのだ。苛立ちが募る。

と……。

ぽん、と肩に手が置かれた。チカだ。

「引き受けた以上、何とかするさ。そう心配するな」

その言葉を頭が理解した途端、カッと顔が熱くなった。戦隊レッドのスーツを着こんだチカは、いつもよりも体が大きく見える。私は少しの間そんなチカを見つめていたが、体の横でぐっと拳を握りしめると、チカの手を振り払った。

「心配なんかしてないわ。私、殺陣師の人を呼んでくるから、チカは準備運動でもしてなさい！」

言い終わるよりも早く、私はくるりと体を反転させて駆け出した。そうだ、今は苛立っていてもしょうがない。こんなことはさっさと終わらせて、早く東京へ帰ろう。そして四人で疲れたねと言いながらご飯を食べるのだ。

舞台袖を飛び出し、近くにいた人をつかまえて殺陣師の居場所を聞き出し、私は人でごった返すステージ裏を駆け抜けた。

ステージは、公園の広場に作られたものだった。今日みたいな戦隊ショーの他、ダンスチームだったり地元中学の吹奏楽部だったりが発表する場としても使われているらしい。そのためか設備もそれなりで、照明も音響もなかなか本格的だ。ただ、屋外ということもあってか人の動きはかなり自由なようだった。

「まだ開場時間じゃないんだけど……」

父と共に会場整備に駆り出されることになった私は、既に多くのお客さんで賑《にぎ》わう会場を眺めながら言った。腕時計を見る。十二時十五分。案内板に書かれた開場時刻は十二時半だ。

「まあ、その辺はゆるくていいから。気にしないでくれ」

席の案内から帰ってきた父の言葉に、私はため息を吐いた。別にショーの主催団体がそれでいいと言うなら構わないけれど、こんなの几帳面なチカが見たら苛立ちがピークになってしまうのではないだろうか。

「……すまなかったな」

ふと、父の弱々しい声が喧噪《けんそう》をすり抜けて聞こえてきた。顔を向けると、背中を丸めて遠慮がちにこちらに顔を向ける父と目があった。視線が絡むと気まずそうに顔を逸《そ》らすが、私が黙っていると、ボソボソと続けた。

「こんなこと頼んで。さっきはつい気が動転して……だが、落ち着いて考えれば無茶なことを言った」

「今さら？」

わざと大きく息を吐きながら言うと、父は首の後ろを掻きながら「すまない」ともう一度言った。

「それに、昨夜のことも……」

「もういいよ」

私も事ここに至っては苛立っていた気持ちもだいぶ落ち着いていた。父を責めたところで意味がないということもわかっていたし、今はただこの場を乗り切りたいという気持ちのほうが強かった。

チカが稽古できた時間は二時間だった。決して十分とは言えないものの、コウの言ったどおり殺陣の経験があるチカはそれなりに飲みこみも早かったようだ。職業柄か集中力が高かったのも幸いした。さすがに全て本来どおりのものではなく、チカと一緒にステージに立つ正義の戦士役や敵役の人たちがフォローを入れたり、簡易なアクションに変えたりしつつ、どうにか形にはなったようだった。

しかし、ほぼぶっつけ本番みたいなものであることに変わりはなかった。不安を感じないわけがない。

（いや……）

私は首を強く横に振った。不安なのは私だけではない。チカはもちろん、一緒にステージに上がる人も殺陣師も、それに父も、不安を感じながら、それでも今を乗り越えようと踏ん張っているのだ。

私がまだ誰もいないステージを睨み付けたのと、予鈴が鳴ったのは、ほぼ同時だった。

腕時計を見ると、いつの間にか十二時四十分になっていた。

悪の組織「ラベンジャーズ」。ラベンジャーズの目的は、北海道中の野菜を枯らしてラベンダー畑を作ること。そんな野望を打ち砕くために立ち向かうのが北海道を守る正義の戦士「ジャガライダー」。

柔らかくてコロッケみたいに人気者のジャガイエロー・キタアカリ、すべすべの肌と抜群のスタイルがセクシーなジャガピンク・メークイン、そしてホクホクで誰からも好かれる頼もしいジャガレッド・男爵。

物語は、中盤まではチカの出番もなく、何事もなく進んでいった。

私は会場の整理を終え、客席でステージを見つめていた。チカの練習に付き合っていたコウとリコは舞台袖から見ているはずだ。

(そろそろクライマックス……チカの出番ももうすぐね)

私は自分でも気が付かないうちに膝の上で拳を握りしめていた。そのことに気が付き手から力を抜こうとしたがどういうわけか拳が解けない。もう片方の手で揉《も》み解してやっと開いたと思った、その時。

「わああーっ!」

客席から子供たちの歓声があがった。ハッとして顔を上げると、ステージ上にジャガライダーが三人揃《そろ》っている。

(チカ……!)

イエローとピンクの間、真ん中に立つレッド。レッドは左右のイエローとピンクと一緒に、片方の手を腰に、片方の手を空に突き上げてポーズを取っている。

ラベンジャーズの根城を見つけたジャガライダーたちは、人質としてさらわれてしまった女の子・ぴりかを救い出すために突入してきたのだ。

（……チカがあのポーズを取っていると思うと、ちょっとおかしいわね）

ついそんなことを思い、慌てて首を振る。そんなことを思うのはさすがに申し訳ないというものだ。

ジャガライダーたちを迎え撃つラベンジャーズ。三人のジャガライダーに対し、敵のラベンジャーズは六人。敵と味方が入り乱れ、ステージ上の熱気は一気に上がった。つられるように客席の熱も上がる。子供たちはジャガライダーがやられそうになるたびに悲鳴を上げ、声援を送る。

だが……。

チカの動きが鈍い。チカのためにより簡単なアクションになっているとはいえ、戦士たちの中心であるレッド役が目立たないわけがない。ピンクとイエロー、それに敵役も一丸となって何とか流れを止めずにやってはいるものの、チカだけ振りかざした剣が変な所で止まったり、味方であるはずのピンクやイエローとぶつかって転びそうになったりしている。

「やっぱり……付け焼刃じゃ無理だったか」

ぼそりと呟く父の声が隣から聞こえた。私はふり向きもしないまま、手だけを伸ばして父の二の腕を思い切りつねってやった。悲鳴のような呻き声が聞こえたが、もちろん謝ってなどやらない。

（チカ！　意地を見せなさいよ！）

声に出せない代わりにステージを睨み付ける。しかし、チカの動きはなかなか良くならないようだった。次第に客席も異変に気が付き始めた。

「あのレッド、何か下手じゃない？」

「いつもの人と違うんじゃないの」

子供たちの声援の隙間からそんな大人の声が聞こえる。私はギリと拳を握りしめた。

（何も知らないくせに、勝手なこと言わないでよ……！）

思うが、もちろんそんなことは口には出せない。悔しい想いを奥歯で噛み砕いた、その時だった。

「レッド、がんばれえー！」

すぐ目の前に座っていた小さな男の子が勢い良く立ち上がり、叫んだ。両手をメガホンのように口に当て、汗で髪がペタンと潰れている。小さな背中のTシャツは汗で色が変わっているが、男の子はそんなことちっとも気にしていない様子だ。隣にいる母親が周りを気にして座らせようとするが、男の子はステージに夢中でそれすらも気が付いていない。

私が母親に「大丈夫ですよ」と言うと、母親は恐縮したように会釈を返してきた。

ステージ上のレッド——チカの動きが一瞬、止まったように見えた。男の子に続き、子供たちが次々に声を上げる。声援がチカにどう力を与えたのか、それは私にはわからない。しかし、それからチカの動きが少しずつ良くなっていくのが、演劇なんか少しも知らない私にもわかった。

「がんばれ、レッドー！」

「ラベンジャーズをやっつけろー！」

「レッドー！」

「ねえ、お父さん」

子供たちの声援に紛れて聞こえないかと思ったが、意外にも父はくるりと私のほうへ顔を向けた。ホッとしたような、ちょっと残念なような複雑な気持ちだったが、届いてしまったならしかたがない。

「もし……もしもだけど、私が何かすごい重大な隠し事をしていたら、どう思う？」

「重大な隠し事……ヒーローの正体みたいな？」

「茶化さないでくれる？」

「すまん……そうだな。隠し事をされているのは、少し寂しい気もするが」

今や、会場にいる子供たちのほとんどが立ち上がっていた。中には熱心にカメラを構える大人もいる。

「だが、別に何も思わないな。それだけ大人になったということだし、どんな隠し事だろうと、悪いことじゃないだろうから」

そう言うと、父はいきなり立ち上がり、

「レッド！　気合入れろよぉ！」

と、叫んだ。

父の突然の行動に驚いた私は思わず目を見開くが、不思議と嫌だとも恥ずかしいとも思わなかった。むしろ父の新しい一面を見ることができたことが、少し嬉しい。

「チ……じゃなくて、レッド！　負けるんじゃないわよ！」

父の隣に立ち、私も叫んだ。

物語が終わりに近づくにつれ、子供たちの声援はどんどん高まっていった。子供たちの発する熱は客席とステージを飛び出し、広場、公園、街、そして青い空の向こうまで届きそうだ。

ステージの上に立っているのは、いってみれば偽物のヒーローだ。それなのに、みんな本気で声援を送る。固唾《かたず》をのんで見守る。

ついにラベンジャーズとジャガライダーたちの決着がついた。ラベンジャーズの野望は打ち砕かれたが、そんなラベンジャーズたちにジャガライダーは、野菜とラベンダーの共存を提案した。

「野菜もラベンダーも、どちらも北海道の宝物だ！」

マイクを通したレッドの声が会場に響く。

ワッと歓声が上がる。ステージは大成功だった。

＊

北海道から戻ってきて、気が付けばもう二週間が経っていた。初夏と呼ばれる季節は終わり、勢いを増した蝉の鳴き声が、湯気が出ているのではないかと思うほど暑い空気を揺らしている。

「宅配便でーす」

荷物を受け取った私は、その送り主を見てうんざりとした気分になった。「さざんか」に戻ってきてから二週間。これで何度目の荷物だろう。礼のつもりか詫《わ》びのつもりか、いずれにしても度を過ぎれば面倒でしかない。

「チカ、いる？　開けていい？」

私は荷物を抱えたまま、チカとコウの部屋をノックした。中から「ああ」と返事が聞こえてくるのを待って襖《ふすま》を開ける。すらりと涼しい音を聞いて中を覗くと、チカは机に向かったまま、顔だけをこちらに向けてきた。その間もキーボードを打つ手は止まっていないのだから慣れたものだ。

「何だ？」

「実家からまた野菜が届いて……」

「ああ」

そこでチカはようやく手を止めると、体ごとこちらに向く。

「いつも悪いな」

「いやいや、むしろこっちがごめん。これで四回、五回目だっけ。いくら何でもさすがに迷惑でしょ。前の野菜もまだたくさん残ってるし」

「まあ、確かに多少持て余しているものもあるが……基本的には助かってるぞ。今は野菜が高いからな」

「ならいいけど……野菜くずも溜《た》まってるでしょ。冷蔵庫に入っているやつ。いつも出汁を取ったりしているの知ってるけど、今回ばかりは捨てたら?」

「いや、あれは今夜使う」

「今夜?」

「大量消費レシピだ」

チカはにやりと笑うと、再びパソコンに体を向けてキーボードを打ち始めた。私は小さく息を吐くと「これ台所に置いておくから」と言って、襖を閉じた。

夜になって、チカの「大量消費」の意味がわかった。

「うっわ、すげえ! 何これ?」

コウが声を上げるのも無理はない。テーブルの真ん中にはたらいのような大皿に、薄茶色の丸い団子のようなものが富士山のように盛られているのだ。

チカは、いつもご飯と味噌汁、メインのおかずの他に四、五品を作り上げてずらりと並べる。その代わり一つ一つはそれほど凝ったものではなかったり作り置きをしたものだったりするのだが、チカは品数を作ることにこだわりを持っていた。

そのチカが、今日はご飯と味噌汁の他に一品だけ。しかも大皿に大量盛りだ。

「これ、がんもどき？」

私が言うと、チカは「ああ」と頷く。

「揚げたてがうまいんだ。早く食べよう」

そう言われて、私たちは慌てて席に着いた。誰ともなく「いただきます」と手を合わせ、さっそく揚げたてのがんもどきに箸を伸ばす。

箸で挟むと、がんもどきはふわりと紙風船のように微かに潰れた。柔らかい。それでいてこんがりと焦げ目の付いた部分は見るだけでもカリカリに揚がっているのがわかる。

熱々なのを警戒しながら口に運ぶ。

「んっ……！」

じゅわりと熱さが舌先を刺した。しかしそれもすぐにおいしさに変わる。外側のカリカリした食感を超えると、今度は中のフワフワが顔を出す。ほんのりとした甘さに野菜の旨みが口の中いっぱいに広がる。

「うっま！　これががんもどき？　こんなの食べたことないよ」

コウが言うのに、目を丸くしたリコもコクコクと頷く。

「がんもどきって、おでんとか煮物とか、そういうイメージだったけど……揚げたてって
こんなにおいしいんだ」

「中がフワフワだからな、煮物にすれば出汁をよく吸ってそれもまたうまい」

「あー、それも食べたーい！」

「明日な」

三人の会話を聞きながら、私はふと、がんもどきが作り出された時の話を思い出した。

確か専門学校に通っていた時、和食の授業で先生がこぼれ話のように話していたのだ。

（確かがんもどきは、元々は鶏肉を使った料理だったのよね。だけど、精進料理では肉を
使えないから……）

そこで豆腐が使われるようになり、今のがんもどきになった。名前のとおり「もどき」

なのだ。

（もどき……まさに偽物の料理ね。でも、偽物でも何でもおいしいものはおいしいんだか
ら、それで十分）

そうだ、あのヒーローショーもそうだった。

偽物のヒーローに向けて声援を上げていた子供たち。真っ青な空の下で、子供たちの熱
はどこまでも上へ昇っていた。

ヒーローは偽物でも子供たちの熱は本物だった。

（私たちも、そうかしら？）

私たちの今の生活は偽物だ。私たち四人の関係も偽物。だけど、こうして四人でテーブルを囲み、熱々のがんもどきを一緒に頬張り、笑い合い、感じる穏やかな気持ちはきっと本物だ。

家族との関係もそうだ。今は嘘の上に立つ偽物かもしれないが、これまで築いてきた関係は本物。

——どんな隠し事だろうと、悪いことじゃないだろうから。

父はそう言った。私の「隠し事」がどんなことかも知らないくせに。

それなのにあんなふうに断言できたのは、両親と私が積み重ねてきた時間に、それなりの重みと意味があったからなのではないだろうか。私が自分のことを今まで秘密にし、嘘を吐いてまで守ろうとしていたのは、その時間を信頼する勇気がなかったからかもしれない。

（いつかその本物を信じられる日が来たら……）

その時は、偽物を捨てる勇気が湧いてくることもあるのだろうか。

（その日が来るまで）

今はこの「さざんか」で、四人で過ごしたい。私は今の偽物の生活が、自分で思っている以上に気に入っているらしいから。

四話　弟とオムライス

夏というのはどうしてこんなに暑いのか。

そんなことを言ったらチカくんはきっと呆《あき》れた顔で、「夏だから」と言うのだろう。下唇を少し突き出し、眉毛をハの字に曲げるチカくんの顔を思い浮かべて、僕はつい小さく笑った。思い出し笑いなんて、

（これじゃ、チカくんのことムッツリなんてからかえないね）

いつか交わした会話を思い出して、またおかしくなる。

あれは初日の出を見た帰りだった。

今、僕が歩いている道をチカくんと並んで歩いた。

人の気配のない静かな道。なだらかなアスファルトの坂道は夏の光を受けてきらきらと輝き、両脇に並ぶ住宅は新しいものも古いものもある。

時折、ピースを抜いたように家がすっぽりとなくなり、代わりに畑が現れる。太陽が天辺を少し過ぎた辺りの今の時間は、ときどき老人が庭や畑で作業をしているが、それ以外にほとんど人影はなかった。早朝や深夜ならなおさらだ。

だからあの時、僕とチカくんはそっと手を繋《つな》いだ。誰もいない白んだ冬の空の下、鼻の頭も爪先も冷え切っていたが、繋いだ手だけは温かった。

「なーんて、今はとにかく暑いだけだけどね！」

思い出したら恥ずかしくなって、ついそんなことを口走る。別に、誰に取り繕う必要があるわけでもないのに。

痛いくらいに眩《まぶ》しい光が落ちてきた。手に持ったビニール袋がガサリと音を立てる。急がなければ、アイスが溶けてしまう。

僕は暑さとなだらかな坂道につい遅くなっていた足に気合を入れ、足早に「さざんか」へ向かった。

立てつけの悪い「さざんか」の玄関を開けて中に入ると、家の中はシンと静まり返っていた。リコちゃんとケイちゃんは二人とも仕事でいないし、チカくんも部屋に引きこもって仕事をしているはずだ。

僕はなるべく音を立てないように気を付けて戸を閉め、靴を脱いだ。薄い戸を閉めただけなのに、蝉時雨《せみしぐれ》は遠のき、家の中の静けさが際立つ。

足を忍ばせ廊下を抜け、リビングに入る。急いでキッチンへ向かうと、冷凍庫にアイスクリームを二つ放りこんだ。僕はチョコ、チカくんはバニラのカップアイスだ。

(今すぐ食べたいところではあるけど)

アイスはチカくんの休憩タイムまで我慢だ。代わりに冷蔵庫から麦茶を取り出すと、グラスになみなみと注いだ。チカくんが仕事の時、僕はたいていリビングで過ごす。定休日以外はケイちゃんとリコちゃんも夜までいないから気を遣う必要もない。

麦茶を飲みながらソファに移動する。エアコンを付け、扇風機を回し、テレビのリモコンをソファから移動しなくても届く位置に設置する。ヘッドホンを接続してから、テレビを付けた。

今日はバイトもない。映画の続きでも観《み》るかという気になって、テレビボードの引き出しからDVDを一枚、取り出した。

モノクロの古い映画。チカくんが見ていたのを追いかけるように手に取ったものの、どこが面白いのかよく理解できなくて、今やっと半分まで観たところだった。それを知ったチカくんは、

「無理して観る必要はないだろ?」

訝《いぶか》しそうな目をして言ったが、それがかえって僕のなけなしのプライドに火を点《つ》けて、

「絶対に最後まで観る」

と、宣言してしまった。

再生ボタンを押すと、早送りをしたような音楽と聞き慣れない言語が聞こえてきた。もちろん字幕は表示されるけど、それがまた絶妙に眠気を誘うから困るのだ。

画面の中では、家族らしい男女と数人の子供が白黒の野原でお弁当を広げている。

(そういえばチカくん、ホームドラマを書くって言ってたなあ)

チカくんはミステリーが得意らしい。僕も見たことがあるのはミステリーやサスペンス

のドラマだけで、それ以外のジャンルを見たことはない。新人だった頃は他にもいろいろと書いたらしいけど、

「最近はほとんどミステリー専門だな」

と、自嘲気味に言っていた。つまるところ、ミステリー以外はあまり得意ではないということらしい。

そんなチカくんが、どうしてホームドラマを書く気になったのだろう。今も部屋に引きこもってパソコンに向かっているはずだが、正直なところ、素人の僕の目から見ても順調に書き進んでいるようには見えない。髪をかきむしるように頭を抱えながら、真っ白なパソコンの画面に文字を打ちこんでは消し、打ちこんでは消しを繰り返している。

（仕事に困っているなんてことはないだろうしなあ……）

わざわざ苦手な分野に手を出す必要はないと思うけど。

麦茶のグラスを手に取り、一気に傾ける。ヘッドホンをしているせいか喉の動く音が骨に響いて聞こえた。ゴキュッ、ゴキュッと麦茶が落ちる音を聞いているうちに、あっという間にグラスは空っぽになった。

「ふぅ～っ」

思わず息を吐いた、その時だった。

ジリリリリリッ！

呼び鈴が鳴った。

ちなみに「さざんか」の呼び鈴はボタンが一つあるきりの古いタイプで、カメラはもちろん通話機能さえない。だから鳴ったらすぐに玄関へ行って対応するしかない。

僕は急いでヘッドホンを外し、玄関へと走った。途中、映画を停止させるのを忘れたことに気が付いたが、内容を全く覚えていないことにも気が付いて「ま、いいや」と思う。後で見たところまで巻き戻せばいいだけだ。

「はいはいっと。どちら様ですかー?」

言いながら、立て付けの悪い戸を開ける。ガタピシと音を立てる戸。蟬の声が大きくなる。

「よお、久しぶり」

夏の光を背負って立っていたのは、弟の翔《しょう》だった。

*

「桜花亭《おうかてい》」は、「さざんか」の徒歩圏内にある唯一のレストランだ。この辺りはもともと別荘地だったらしく、かつてはそこそこ人気の場所だったらしい。

「桜花亭」は、そんな別荘地だった頃の空気を残したような、レトロながら高級感のある落ち着いた店だった。

「ふうん、普段からこんな所使うんだ。セレブって」

「ランチタイムはリーズナブルなんだよ。ていうか、連れて来てもらっておきながら文句言うなよ！」

「別に文句は言ってねえだろ」

僕は向かいに座った翔を睨《にら》み付けた。僕の隣には、仏頂面をしたチカくんが腕を組んで座っている。

レストラン内は、僕たちの他には数人の老婦人たちが集まって食事をしているだけで、人の声よりもBGMのピアノの音のほうが大きく聞こえるくらいだ。大きく取られた窓の向こうには、枝々を重ねた木々の緑が見える。

「それで、あんたが兄貴の彼氏ってわけか」

翔の言葉に、じっとテーブルを睨み付けていたチカくんが彫刻刀で彫ったのではないかと思うほど深くはっきりと眉間にしわを刻んだ。目は翔のほうを向いているのに、本当は僕が睨まれているのではないかと思った。

——お前、話したのか。

そんな風に言われている気がした。僕はもう誰かが腹の中で暴れているのではないかと思うほどそわそわした。

どうして、こんなことになってしまったのだろうか。

時は、三十分程前に遡る。

いきなり現れた翔の姿に、僕は一瞬、自分はまだ映画を観ていたっけと思うほど驚いた。

何を言ったらいいのかもわからないまま黙っていると、翔も黙って僕を見てきた。

翔は、僕よりは少し背が高いものの一般的に見たら小柄なほうだと思う。そのうえ顔もどちらかというと童顔で、二十歳になったばかりのはずだが、学生服を着たら高校生で全然通用してしまいそうだ。だが、そんな幼く見える外見に反して、性格はなかなか激しい。

「ねえ、何突っ立ってんの」

「え、何？」

低い声で唸《うな》るように言った翔の声に、僕は咄嗟《とっさ》に反応しきれなかった。すると翔は苛立《いらだ》った様子で、わざとらしく音を立ててリュックサックをゆすり上げる。

「何じゃなくてさ、中に入れてよ。暑いし」

「中？ え、あ……そ、それはダメだよ！」

「何でだよ？」

「何でもだよ！ ここは来客NGだって前に言っただろ」

「身内くらいいいだろ」

「ダメなものはダメだ！」

この時、僕はとにかく翔を中に入れまいとすることに必死で、チカくんがすぐ近くの部屋にいることにまで気が回っていなかった。

背後で、スラリと襖《ふすま》の開く音がした。

「何を騒いでいるんだ、光……」

気怠《けだる》そうな声が途絶えるのと僕がふり向いたのは、ほぼ同時だった。チカくんは玄関先に立つ翔を見て、目を丸くして立ち尽くしていたし、僕は僕で壊れたオモチャみたいに左右に首を動かして、二人を交互に見た。そして、

「あんたが兄貴の彼氏か？」

翔のヤツは容赦なくそんな爆弾を落としたのだ。

「さざんか」で暮らしているのは僕たちだけではないのだから、いくら翔が僕たちのことをツッコんで来たとしても来客NGを破ることはできない。

中に入りたい翔と入れたくない僕が、まるでバスケットボールの攻撃と守備みたいに争っているのをじっと見つめていたチカくんは、やがてあきらめたように、

「ちょうど昼飯時だし、桜花亭へ行くか」

と言ってくれて、僕たちは渋る翔を引きずるようにして「さざんか」を離れたのだった。


運ばれてきたトマトの冷製パスタをフォークに巻き付けながら、僕は隣に座るチカくんの横顔にチラチラと視線を送った。チカくんは好物のジェノベーゼパスタを食べているはずなのに、眉間には深々としわが寄っているし、ひたすら咀嚼《そしゃく》を続ける頬は強張《こわば》っている。

一方、向かいに座る翔はピザを飲みこむように次々と平らげながら、じっとチカくんを睨み付けている。

いつの間にか老婦人のグループもいなくなっていて、レストランの中にはBGMとして

流されているピアノの音色と、キッチンから漏れてくる調理の音しか聞こえなかった。

（この曲、聞いたことあるけど、何ていうタイトルだっけ？）

普段、クラシックなんて全く興味のない僕がついそんなことを思ってしまうほど、今の沈黙はつらい。何か言いたいけど、何を言っていいのかわからない。モヤモヤする気持ちをごまかすようにパスタを口に突っこみ、流しこむように水を飲んでいると……

「それで、あんたはいつ兄貴と結婚するわけ？」

翔が言ったのに、僕は口の中の水を吹き出しそうになった。

「なっ……何言ってるんだよ、翔！」

「だって、同棲《どうせい》しているんだろ？　結婚前提じゃないの？」

「結婚なんかできるわけないだろ」

「何で？」

「何でって……」

同性婚はできない。これからどうなるかはわからないけど、少なくとも今ここにいる限り、僕たちが法的に結ばれることはない。

（だから、結婚なんてできない……？）

いや、と思う。法的にどうとかはともかく、僕とチカくんはこれからどうなっていきたいと思っているのだろう。今、僕たちは確かに付き合っているけど、これから先もずっとただ付き合っていくのだろうか。

（いやいやっ）

僕は心の中で首を振った。

（今はそんなことより翔だ。チカくん、絶対に今の状況に納得してないし！）

そもそも翔は、どうしてチカくんのことを僕の彼氏だと知ったのか。チカくんにとって気になるのはまずそこだ。

「それより翔！　お前、どうしてチカくんのこと知ってるんだよ」

すると、翔は仔犬《こいぬ》のように目を丸くして、首を傾《かし》げた。

「兄貴が言ったんだろ？　彼氏と暮らしてるって」

「え⁉」

「おい、光介《こうすけ》……」

隣からタコの足のようにうねる視線を感じて、僕は思わず背筋を伸ばした。慌ててチカくんと向き合うと、必死に両手を顔の前で振る。

「ち、違うよ！　チカくんのことは誰にも話してないよ」

「兄貴からはそこまで聞いちゃいねえよ」

僕の言い分を支えたのは、思いがけず翔だった。チカくんも意外だったのだろう、僕とチカくんは揃《そろ》って翔に顔を向ける。翔は呆れたようにため息を吐くと、「だから」と続けた。

「兄貴から聞いたのは、彼氏と暮らしてるってことだけ。あんたの名前も顔も聞いちゃいねえよ。でも、一緒に暮らしてるってことはあんたがそうなんだろ？」

「さざんかの住所は？　僕、言ったっけ？」

「年賀状送ってきたじゃん」

「あ……」

隣で、チカくんが深々と息を吐くのが聞こえた。

確かに僕は、チカくんのことは誰にも言っていない。だが、家族に自分のことをカミングアウト済の僕は、翔の言うとおり彼氏のことを話した覚えがある。

「ご、ごめん、チカくん……」

胃がきゅうと縮むような気分で言うと、チカくんは「いや」と小さく首を振った。それでも気持ち悪さは消えない。さっき食べたパスタが胃の中でぐるぐるととぐろを巻いているのではないかと思うくらいだ。

「何で兄貴が謝るんだよ」

「そりゃ謝るよ。チカくんとの約束を破ったんだから」

「その約束って、兄貴たちの関係を隠すってこと？」

翔は最後の一枚のピザをくるくると丸めて口に放りこむと、豪快に咀嚼をして飲みこんだ。ごくんと音が聞こえそうなくらい派手な食べ方だ。

「そんな約束に意味あるの？　堂々としてればいいじゃん」

チーズの油が付いた指を舐《な》めながら翔が言うのに、僕は頭がすぅと冷えていくのを感じた。

　翔はどうしてこんなことを言うのだろう。いきなり来ていきなりこんなことを言ってくる理由は何だ？　いや、そんなことより、翔にこんなことを言われて、チカくんはどう思っているだろう。

「翔には関係ないだろ」

　唸るように言うと、翔は僅《わず》かに目を開いたが、すぐに鋭い目付きに戻ると握りしめた拳をテーブルに振り下ろした。食器が揺れて、抗議をするように音を立てる。

「関係ないわけないだろ。俺は弟だぞ」

「弟だからって何だよ。僕たちの生活に口出しする権利はないだろ」

「心配しちゃ悪いのか」

「そういうのを余計なお世話っていうんだよ」

「何だよ、その言い方！」

「そっちこそいきなり何だよ！」

　言葉を重ねれば重ねるほど、お互いの熱が重なり、より熱くなってしまう。だが、頭の隅にはどこか冷静な部分も残っていて、

（このままじゃ喧嘩になる）

　と、そんなことを思った時だった。

「やめとけ」

低いがよく通る、静かな声が僕たち二人の口を塞いだ。僕はどこかホッとした気持ちで、チカくんを見る。

「こんなところで騒ぐな。話なら『さざんか』で聞く」

「え⁉」

思いがけない言葉に、僕の胃は再び縮み上がった。だが、驚いたのは僕だけではないらしい。目の端に、意外そうに口をぽかんと開けている翔の姿が見えた。

「でも、来客NGのルールは？」

「お前の弟は俺たちの関係を知っているわけだからな。来客NGのルールも何もないだろう」

「そうかもだけど……あ、でも、ケイちゃんとリコちゃんだっているし」

「二人には俺から連絡しておく。事情を話せば納得してくれるだろ」

「じゃあ決まりだ。せっかくだから兄貴がどんな暮らしをしているのか、しっかり見せてもらおうかな」

「翔！」

首の後ろから汗がじわりと滲《にじ》み出る。口調は軽いのに目は真剣な翔を前にして、肌にたわしを当てられているようなざらざらとした気持ちが湧き上がってきた。あんまり調子に乗るな……そんな言葉が喉仏に触れる所まで出てくる。

「ただし……」

チカくんの声に、出かかった言葉が押し戻される。

「『さざんか』に来るのは夜だ。お前らの頭が沸騰したままじゃ、話もろくにできないだろうからな」

「何だと」

敵意むき出しの声で翔が言うのに、僕はバンッとテーブルを叩《たた》いた。翔の肩が小さく飛び上がる。チカくんも少し目を丸くしている。

僕は両手でテーブルを下へ押しこむように、翔の方へ身を乗り出した。

「いいから、チカくんの言うとおりにしろ。こっちだって譲歩してお前を家に入れるんだからな。翔だってそれくらいの条件のんだっていいだろ」

「……でも、夜までどこで時間潰せっていうんだよ。俺、この辺に何があるなんて知らねえんだけど」

「公園にでも行ってろよ。あそこなら広いし、時間潰すのにはもってこいさ。売店もあるし、何とかなるだろ」

それでも翔は不服そうに口を尖《とが》らせていたが、あきらめたように肩を落とすと、「わかったよ」と吐き捨てるように言った。それを聞いたら僕もホッとして、膝を後ろから叩かれたようにすとんと椅子へ座りこんだ。

すると、肩にポンと重みを感じた。顔を向けるとチカくんと目が合う。相変わらず仏頂面だけど、肩に置かれた手は温かい。

「俺たちはいったん帰るか」

そう言うと、チカくんは伝票を手に取り、レジへ向かった。まだ座ったままの翔をちらりと見ると、翔は不機嫌さを隠そうともせず、三角にした目をこちらに向けてきた。

「後でな」

僕はそれだけ言うと、チカくんの後を追った。

ドアベルの音を頭上に聞きながら「桜花亭」を出た途端、むあんとした熱気が顔にぶつかってきた。

「桜花亭」の前はすぐ道路だ。その道路の片端を縁取るように走るサイクリングロードは、週末にもなると地元の親子連れはもちろん、遠方からも自転車を走らせに来る人がいるくらい人気スポットになっているが、平日のこの時間、しかもこの暑い最中に外に出てくる人はそういない。人も車もなく、辺りは蝉の鳴き声と夏の光に満ちていた。

「チカくん、ごめんね……」

僕は先を行くチカくんの背中に向かって言った。

誰もいない道。本当なら並んで歩きたいところだけど、今はとてもそんなことできなかった。

「光介が謝るようなことはしていないだろ?」

ふり返らないままチカくんが言うのに、僕は口を尖らせる。

「本気でそう思ってる?」

「………」

返ってきた沈黙が答えだった。当たり前だ。翔のことも、結果的にチカくんのことをバラすようなことを言ってしまった僕のことも、チカくんは怒っていいのだ。だけどチカくんは怒らない。

そしてそれは、チカくんが僕に対して後ろめたさを感じているからだということを、僕はちゃんと知っている。

「僕、別に嫌じゃないからね」

思い切って強い口調で言うと、チカくんは足を止めた。ふり向いた顔には明らかに怪訝《けげん》そうな表情が浮かんでいる。僕はぐっと拳を握りしめると、チカくんとの距離を一足飛びに縮めた。

(チカくんは、僕がチカくんに合わせていると思ってるから)

チカくんの正面に立った僕は、その手を両手で掴《つか》む。一瞬、チカくんは周りを気にするように身じろぎしたが、僕は手を離さなかった。

今、目の届く範囲には誰もいない。それくらい僕だってわかっている。僕は掴んだチカくんの手をぐいぐいと下へ引っ張りながら、首をぐぃと伸ばして、挑むように見つめた。

「チカくんがゲイだってこと隠したいなら僕も隠す。でもそれは、チカくんに言われたからじゃなくて、僕がそうしたいからそうしてるんだよ」

「あ、ああ……」

半ば僕の勢いに押されるような感じではあったけど、頷《うなず》くチカくんを見て僕はにっこりと笑って手を離した。言いたいことを言うと急に胃の辺りがすっきりとして、僕はチカくんを追い抜かし、先を歩き始めた。

「光介」

今度は、チカくんの声が僕の背中に当たる。僕は構わず歩く。

「お前って割と口調が変わるんだな」

「え？」

肩越しにふり返ると、チカくんはジーンズのポケットに指の先を突っこみながら言った。

「弟と話していた時と今、結構しゃべり方違うぞ」

「そう？　自分ではわからないけど……それはでも、あれだね」

「あれ？」

「好きな人の前ではネコ被っちゃうってやつ」

「……お前なあ」

チカくんは深々と息を吐くと、足を早めて僕の隣に並んだ。チカくんはポケットに手を突っこんだままそっぽを向いていたけど、その耳がほんのりと赤くなっていることに、僕が気が付かないわけがない。

僕は笑いたくなるのをどうにか堪《こら》えて、両手を体の後ろで組んだ。手なんか繋がなくても、ただ歩調を合わせてゆっくり並んで歩くのも、案外悪くない。

いつの間にか、翔と相対していた時に感じていたざらざらとした気持ちは消えていて、夏の光に輝く木々の緑がきれいだと思った。

＊

夜になっても昼間の熱気は空気中に残っていて、気温はちっとも下がらなかった。エアコンのない廊下に一歩でも出ると、肌をまとわりつく熱気に思わず悲鳴を上げたくなる。

そんな中、翔は「さざんか」にやって来た。

「私たち以外の人がここに来るの初めてね」

「ルールがあるんだから、当たり前だろ」

ケイちゃんとチカくんが言うのを聞きながら、僕は顎で椅子を示して翔を座らせた。翔は舌打ちでもしそうなくらいに機嫌の悪い顔をしていたが、さすがにケイちゃんやリコちゃんの目を気にしてか、何も言わずに素直に座った。

「えっと、翔くん？」

遠慮がちに声をかけたのはリコちゃんだ。

「あ、はい」

翔も多少は緊張しているのか、椅子の上で固くなっている。

「お兄さんにはいつもお世話になっています。ふつつか者ですが、これからもどうぞよろしくお願いします」

「え、あ、いや、こちらこそ……」

深々と頭を下げるリコちゃんにつられたのか、翔も慌てて頭を下げている。その様子を見ていた僕とケイちゃんは思わず顔を見合わせ、同時に吹き出した。これじゃまるで、結婚の挨拶だ。

「何してんのよ、リコ」

「え、だって、挨拶したほうがいいかと思って」

なぜ笑われているのか全く理解できないという感じできょとんと目を丸くするリコちゃんと、それを笑いながらも愛《いと》おしそうな目で見つめるケイちゃん。

いつもどおりの二人の光景を見ていると、胸の中につかえていた何かがすぅと消えて、体が軽くなるのを感じた。自分でも気が付かないうちに気持ちが強張っていたのかもしれない。僕は小さく息を吐くと、ニッと口角を上げた。

「チカくん！　僕も何か手伝おっか」

キッチンに飛びこんで言うと、チカくんはチキンライスを作る手を止めないまま「ああ」と頷いた。

「じゃあ、こっちに皿を出しておいてくれ。後、スプーンとフォークと……箸がいるなら出してくれ」

「オッケー。ケイちゃん、リコちゃん、箸使う？」

「私はいいわ」

「私は、使おうかな」

「翔は？」

「どっちでもいいよ、そんなもん……」

「オッケー。ケイちゃんとチカくんは箸はいらなくてっと……」

引き出しを開け、ガチャガチャと人数分のフォークにスプーン、箸を取り出す。まとめて取り出した箸を一組ずつ揃えながらテーブルに並べた。

「兄貴たち、いつもこんなことしてんの？」

頬杖《ほおづえ》を付いたまま翔が言う。僕は、

「当たり前でしょ、ここで生活してんだから」

にっこりと笑って返した。翔は不服そうに唇を尖らせたが、結局何も言わず、ただ小さく息を吐いただけだった。

今日のメニューは、オムライスにジャガイモのポタージュ、グリーンサラダ。トマトとサーモンのブルスケッタと野菜スティック。野菜スティックはマヨネーズとヨーグルトのソースかアボカドディップに付けて食べる。

「すっげー…」

思わずといった感じでそう漏らした翔の言葉に、隣に座っていた僕は思わずニヤリと笑った。そんな僕の笑みに気が付いたのか、翔はギロリとアイスピックのような鋭い目を向けてきた。

僕は軽く首をすくめ、スプーンを手に取った。まずはやっぱりオムライスだ。

「いただきまーす」

チカくんのオムライスは、昔ながらの洋食店に出てきそうな、ふっくらと盛り上がった楕円《だえん》形のタイプ。ケチャップは個人で好きなようにかけることになっているから、今、僕の目の前にあるのは、黄色が目に鮮やかな、お月さまのようなオムライスだ。

スプーンをオムライスに突き立てると、スッと何の抵抗もなく沈んでいった。隙間からホワホワと白い湯気が立ち昇る。

すくいとったオレンジ色のチキンライスと、それを覆う鮮やかな黄色の卵。僕はごくんと喉仏を動かすと、スプーンを口に入れた。

ケチャップと赤ワインを使ったチキンライスは、甘過ぎない味付けでとても食べやすい。卵は、外側はつるんとして焦げ目も付いていない。内側は絶妙なとろとろだ。全てを口に入れれば、チキンライスと卵が絡み合い、どちらか一つだけでは絶対に完成しない味になる。

「うまあ～……！　チカくん、このオムライスめっちゃうまいよ」

「ポタージュもいい味。ベーコンが効いてるわね」

「なっ、翔。うまいだろ」

おいしさに背中を押され、僕は隣に座る翔を小突いた。翔は眉根を寄せて押し返してきたが、

「オムライスは何だってうまいよ」

と、早口に言ったのに、僕は内心で小さくガッツポーズをした。

胃袋を中心に体がゆっくりと温まっていく。皿に覆いかぶさるようにすごい勢いでオムライスをかきこむ翔。その様子をホッと胸を撫《な》で下ろしながら見ていると、ふと、向かいに座るチカくんと目が合った。僕がVサインを作ると、チカくんは片方の口の端を上げ小さく笑った。

翔の好物はオムライスだと言ったのは僕だった。だが、そもそも僕が翔の好物をチカくんに告げることになったのは、チカくんのおかげだ。

束の間、食卓は温かった。

もっとも、それは本当に束の間。すぐに冷めてしまう儚《はかな》い温もりだったのだけど。

「それで？　うまいもん食わせて話をなあなあにするつもりなわけ？」

いつの間にかオムライスを完食していた翔は、ブルスケッタに手を伸ばしながら言った。それまでつきたての餅のように柔らかかった食卓の空気が、何十日も経《た》ったカピカピの餅みたいに固くなる。

「どうしてそういう言い方をするんだよ」

僕はざわりと首筋を撫でられたような嫌な気持ちになりながら言った。

せっかく温かったのに。ホッとしていたのに。

翔は口に入れていたブルスケッタを飲み下すと、鋭い目で僕を睨み付けてくる。

「だってそうだろ。うまかったのは認めるけどな、それとこれとは別だもんな」

「翔っ！　オムライスを作ってくれたのはチカくんなんだぞ」

「そんなことわかってるよ。見てたし」

「そうじゃなくて……翔の好物を夕飯に作ろうって言ったのはチカくんなんだよ。どんな理由であれわざわざ香川から来てくれたんだから少しくらいもてなそうって、チカくんのそういう気遣いがどうしてわからないんだよ」

「知るかよっ、そんなこと！」

翔の手に残っていたブルスケッタから、トマトの欠片がポトリと床に落ちた。オリーブオイルと混ざって角の取れたトマトの欠片は、床に落ちた衝撃でさらに潰れた。バケットに塗ったにんにくの香りがふわりと漂ってくる。いつもなら心躍るその香りが、今は苛立ちでしかない。

僕は翔に対抗するように、椅子の上で体を反転させた。翔も負けじと睨み付けてくる。

喧嘩の予感がする。いつもならここで引き返すけど、今日はそうすることができなかった。

「どうしてそう一方的にチカくんを敵視するんだ。翔はチカくんのこと何も知らないだろ！」

「ああ、そうだよ。でも、俺のことを気遣うフリなんかして、偽善者だなってことは今わかったよ」

「何でそういう考え方になるんだよ！」

「だってそうだろ。気遣いができるっていうなら、どうして兄貴のことをもっと考えてくれないんだよ！」

「だからっ、チカくんが何も考えてないなんて、どうして翔が言えるんだ！」

目の端に、困ったような焦ったような表情を浮かべているケイちゃんとリコちゃんが見えた。僕たちの喧嘩に口を挟むこともご飯を食べることもできず、手にしたスプーンを宙に浮かせたまま居心地が悪そうにしている。申し訳ない、と思う。

(だから喧嘩は嫌なんだ)

せっかく楽しかった空気が悪くなる。昨日まで慎重に築き上げてきたものが音を立てて崩れていく。自分の大切な世界に亀裂が走るような気がして、泣きたくなるのだ。

だが、今は泣いて怖がっている場合じゃない。僕は翔を真正面から見据えた。

「お前の思いこみで、チカくんのことを決め付けるなよ。決め付ける前にどうして話を聞かないんだよ」

「黙っているのはそっちだろ！」

翔は苛立ったように膝をゆすった。振動がテーブルにも伝わり、食器がカチャカチャと音を立てる。翔の目はチカくんを向いていた。

「何でここまで言われて黙ってるんだ。言いたいことがあるなら言えばいいだろ。黙ってるのは俺の言っていることが全部本当だからだろ？」

不意に、限界を超えたバネのように翔が立ち上がった。後ろに飛ばされた椅子がぐらぐらと揺れる。咄嗟に手を伸ばし椅子を支える。その間に、翔はリビングを飛び出して行ってしまった。

「翔っ」

慌てて後を追いかける。後ろでチカくんたちも立ち上がったのがわかった。

一瞬、翔の姿を見失ったが、すぐに僕たちの部屋の襖が開いていることに気が付き、飛びこんだ。そこには、デスクに置かれたノートパソコンからケーブルを引っこ抜いている翔がいた。

「何やってんだよ！」

翔は僕の声に答えることも動きを止めることもしなかった。手にしたパソコンを持ったまま縁側に出て、そのまま庭へ飛び下りる。

「翔！」

縁側まで追いかけると、夏の熱気が体を包んだ。パッと後ろが明るくなる。チカくんが電気を点けたらしい。

夜とはいえ、夏である今はそこまで暗くない。濃い群青色の空気に部屋の明かりが混じり、翔の体には深い陰影が落ちていた。

翔は、水のない池の中にいた。固い石に囲まれたそこに裸足のまま立って、手にしたノートパソコンを振りかざしている。

「何してんだよ……」

怒鳴ってやりたいくらい感情はぐつぐつに煮えているのに、出てきたのは犬の唸り声のような声だ。

「これ、そいつのパソコンだろ。たぶん仕事道具だよな。机の上にいろいろ資料みたいなのあったし」

「だったらどうなんだよ」

「ぶっ壊してやる。なあ、あんた。それが嫌なら兄貴のことを認めろよ。いい加減な付き合いをするんじゃねえよ。遊びならとっとと別れろよ！」

気が付くと、チカくんが隣に立っていた。腕を組んだまま、じっとパソコンを振り上げる翔を見つめている。

しかしチカくんは何も言わなかった。その沈黙が、また翔を刺激したらしい。陰影の中に浮かび上がる翔の目に熱が帯びる。僕は体の横で拳を握りしめた。

「いい加減にしろよ、翔。チカくんが僕のこと認めてないとかいい加減な付き合いとか……誰がそんなこと言ったんだ」

「隠しているってことはそういうことだろ。認めているなら隠す必要もないし、堂々としていればいいじゃないか」

「チカくんにはいろいろ考えが……」

「いろいろ？　兄貴をないがしろにしていい考えってなんだよ！」

翔がパソコンをさらに振り上げたのに、僕は思わず「あっ」と声を上げた。

チカくんの大切なものを壊したくない。例えそれがどんなに替えがきくものだとしても、大切なものを壊されるのは誰だって心が痛むのだ。そんな痛みをチカくんには感じて欲しくない。

「やめろって、翔。頼むから。だいたい僕はチカくんに言われて自分のこと隠しているわけじゃない。僕がチカくんに合わせたいからそうしているだけだぞ」

「嘘《うそ》だ」

「嘘じゃない」

「嘘だ、そんなの。だって兄貴、前に言ってたじゃないか。彼氏ができたら手を繋いで堂々と外を歩きたいとか」

「え？」

ざわりと胸がざわめく。さっきまで感じていたものとは違う、嫌な予感が空を飛ぶ鳥の影のように胸を過《よ》ぎる。だが、翔はそんなことお構いなしだ。

「みんなの前で派手な結婚式を挙げたいとか、高層ホテルの最上階で夜景を見ながら彼氏と過ごしたいとか……」

「わあーっ⁉」

僕は大慌てで両手を振り回しながら叫んだ。何を言い出すんだ、この弟は。確かに昔は、そんなことをふざけて話していたこともあったけれども！

「そんなの高校生の時のバカな妄想話だろ！　こんな所で暴露するなよ！」

顔が熱い。たぶん鏡を覗《のぞ》いたら猿みたいに真っ赤な顔がこちらを見ているだろう。だが、翔は真剣な顔を崩さなかった。その目と目が合った途端、僕は思わず息をのんだ。

さっきまでの鋭くて攻撃的な目ではない。静かでどこか悲しい。そう、水の張っていない池のような、どこか切ない感じ……。

「バカな妄想のほうが、現実とは関係ない素の願望だったりするだろ。兄貴は、本当は堂々と、ありのままの自分で生きたいんじゃないのか……？」

唇を噛《か》みしめたまま言われたその言葉は小さくて不明瞭で、僕とチカくんの後ろで様子を窺《うかが》っているケイちゃんとリコちゃんにはもちろん、隣にいるチカくんにも聞こえなかったかもしれない。

だけど、僕には聞こえた。

「翔……」

頭の芯が冷える。何だかひどく翔に悪いことをしているような気がした。

僕は、誰かと争ったり、誰かが傷ついたりするのが苦手だ。喧嘩になると思ったらその一歩手前で身を引くし、自分の意識の届く範囲ではなるべく人を傷つけるようなことをしないように、言わないように気を付ける。そのために自分が我慢することは別に構わない。

翔も僕と同じなのだ。翔も僕に傷付いてほしくないと思ってくれている。だからチカくんに噛み付いて、昔の僕がひそかに描いていた思いを妄想から探し出して、わざわざ香川から東京へやって来た。

(でも、だとしたら僕は……)

庭の群青色が濃くなってきた。

不意に、蟬が鋭く鳴いた。

ハッとして思わず空を見上げると、星のない空に細い猫の目のような月が浮かんでいた。蟬がどこかにぶつかったのか、回転する歯車が壁にぶつかったような音がした。それでも羽音が小さくなっていったところを見ると、遠くに飛んで行ったのだろう。

(僕は、どうしたらいいんだろう?)

翔に駆け寄って水のない池へ飛びこむことも、隣に立つチカくんの手を取ることもできない。動けない。

「あのね……」

ぬいぐるみの中に詰められた綿のように柔らかく、遠慮がちな声が後ろから聞こえた。

ハッと我に返ってふり返ると、それまで部屋の入口からそっと僕たちの様子を窺っていたリコちゃんが、そろそろと部屋へ入ってくるのが見えた。

「ねえ、翔くん」

縁側までやって来たリコちゃんは僕の隣に立つと、じっと翔を見つめた。予想外の人間が口を挟んできたせいか、翔の体が微《かす》かに動くのが暗闇の中でもわかった。

「さっきから話を聞いてて思ったんだけど……翔くんは何でそんなに必死なの？」

「は？」

「光介くんとチカさんのことをあれこれ言っているけど、二人とももう保護者が必要な子供じゃないんだよ？　それなのに何でそこまで必死に口出しをしているの？」

リコちゃんの声は、とても静かだった。いつもの弱々しい感じとも違うし、遠慮して声が小さくなるのとも違う。ピンと張り詰めた細い糸のような、静かで、それでいて力強い響き。

「何でって……家族だから。家族が家族の心配をして悪いかよ」

「家族なんて所詮は他人の集まりだよ？」

空気に静電気が走ったようだった。

僕は、いつだったかリコちゃんから聞いた家族の話を思い出した。リコちゃんのことを受け入れられず、リコちゃんをビョーキ扱いすることでバランスを取ろうとした家族。

ケイちゃんが「ちょっと」と制するように言いながらリコちゃんのシャツを引っ張ったようだったが、リコちゃんは逆にその手をそっと制して、話し続けた。

「確かに……家族だからこその絆《きずな》というものもあるよね。それを否定するつもりはないの。だけど、その絆は個人の人生に干渉する理由にはならないと思う」

「俺はっ！　ただ兄貴のことが心配なだけで……」

「心配という言葉を、相手の気持ちや考えを否定するために使っちゃダメだよ」

「リコ！　言い過ぎよ」

ケイちゃんが強く腕を引っ張ると、さすがにリコちゃんも気まずくなったのか目を伏せ、黙りこんでしまった。

僕はリコちゃんから翔に、ゆっくりと視線を移した。翔は相変わらず水のない池の中に立ち尽くしていたが、いつの間にかパソコンを持ったまま振り上げていた腕が下がってい て、体の前にだらりと垂れていた。

「翔」

咄嗟に縁側から飛び降り翔に駆け寄ろうとするが、僕が辿《たど》り着くよりも早く翔は再びパソコンを振り上げた。反射的に足を止める。翔は目も鼻も口もぎゅうと顔の真ん中に寄せるかのように顔をしかめ、

「来るなよ」

呟《つぶや》くように言った。だが、その声に力はない。泣きたいのを我慢しているのか、それとも悔しさを堪えているのか。僕にはそのどちらにも見えた。

「おい」

いつの間にか、隣にチカくんがいた。池の縁に立ち、腕を組んだまま翔を見据えている。ただでさえチカくんと翔は身長差があるのに、池の中と外とに立つ二人はますます目線が上下にズレている。そのせいか翔が一瞬、肩を強張らせたのが見えた。

（無理ないね）

部屋の明かりを背後に背負い、腕組みをして仁王立ちをするチカくんは妙に迫力があった。チカくんは機嫌が良くても不機嫌に見えるような人だけど、本当に怒ることは少なかった。だからこそ、本気で怒った時は怖い。

僕はごくりと唾を飲みこむと、じっとチカくんの様子を窺った。

ふと、冷たい風が吹いた。部屋のエアコンの風がこっちにまで流れてきたのだろうか。

「弟」

チカくんが低い声で言うのに、翔はやや声に詰まりながらも、

「翔だ」

と、ほえる。しかし、チカくんは眉毛一つ動かさない。

「黙って聞いていれば言いたい放題言ってくれたわけだが……」

「だったら何だよ」

「こうなったら、俺も率直に言わないといけないなと思った」

「率直……？」

「残念だが、俺はお前の期待には応えられないと思う。弟に弟の考えがあるように、俺には俺の考えがあるからだ。弟に言われたからといって、はいわかりましたと自分の考えを変えることはできない。いや、そもそも誰かに何かを言われた時、それを考えを変えるきっかけにはしても、変える理由にはしたくないんだ。それじゃ他人の意見に従っただけだ

からな」

「それは……それは、あんたの都合だろ。あんたの都合に兄貴を巻きこむなよ」

「だから――」

僕は思わず口を挟んだ。

「決め付けるなって言ってるだろ。僕はチカくんの都合に巻きこまれてなんかいないの。むしろ自分から巻きこまれに行ってんの。わかる？」

「……わかんねえよ」

翔は口の端を捻《ね》じ曲げながら言ったが、それはもうどこか、引っこみのつかなくなった子供のようにも見えた。僕は思わず小さく笑った。

すると、チカくんが「ふう」と文字にできるくらいはっきりと息を吐いた。その息の吐き方に僕は「おや」と思う。

呆れた時に自然と出るため息でも、苛立った気持ちを落ち着かせるため息でもない。これは……。

（チカくん、何か緊張してる？）

ふと、チカくんが組んでいた腕を解いた。池の中に下りると、翔の前に立つ。翔は反射的に後ろへ下がったようだったけど、狭い池の中ではそれ以上後ろへ行くこともできず、威嚇するようにチカくんを睨み付けるだけだ。そんな翔の視線を受けながら、チカくんはもう一度大きく息を吐き、吸った。

「考えを変えると約束はできないが……これだけは約束する。俺は、光介を不幸にするつもりはない」

「え……」

翔に向かって放たれた言葉だったはずなのに、それは僕の耳にもまっすぐに飛んできた。頭の中に入ってきた直後は文字がバラバラで咄嗟に意味を理解することができなかったけど……。

「え、ええ～…？」

理解すると同時に、僕は体中が熱くなるのを感じた。顔だけじゃない。手の指、足の指、髪の毛の一本一本に至るまで、熱せられた血液が走り回っているのではないかと思うくらいに熱い。

「へぇ、ずいぶん意味深なこと言うのね」

と、言ったのはケイちゃんだ。顔を向けると、縁側に立ったケイちゃんがニヤニヤとした笑みを浮かべ、その隣ではリコちゃんが自分の指をいじりながらうつむいていた。ケイちゃんの言葉に既にぐるぐると回っていた意識がさらにぐるぐる回る。と……。

ガシャンッ……！

響いた破壊音に僕は思わず飛び上がった。慌ててふり向くと、まだ池の中にいた翔が呆《ぼう》然《ぜん》とした表情で足元を見つめていた。慌てて池の中を覗きこむ。

「あっ、ああ～っ！」

暗い池の底には、石にぶつかった衝撃で液晶とキーボードが二つに分かれたノートパソコンが散らばっていた。

「ち、チカくんのパソコンが……！」

暗闇の中でもわかる真っ黒になった液晶画面に、細い月が微かに写りこんでいる。それはまるで、パソコンがこの世にさよならと言っているようだった。

＊

「まったく！　明日はちゃんとチカくんに謝れよ」

僕は押し入れから抱え出した布団を床に落としながら言った。畳の上に落ちた布団がばふんと音を立てて膨らみ、ゆっくりとしぼんでいく。

「謝ったし……それにデータはバックアップ取ってあったからいいじゃん」

翔は客用の布団にシーツをかけながら、口を尖らせた。僕はフンッと荒々しく鼻から息を出すと、翔を睨み付ける。

「そういう問題じゃない！」

するとさすがに翔も気まずくなったのか、同じところのシーツのシワを何度も伸ばしながら視線を泳がせている。

「わかってるよ……確かにあれは、悪かった。やり過ぎたよ」

「だからそれはチカくんに言えよ」

「わかったって」

何度も同じところに手を滑らせているせいでかえってシワの寄っている翔のシーツを見ながら、僕はゆっくりと息を吐いた。

パソコン人質騒動があった後、確保された翔はチカくんへ頭を下げて――正確には僕が強制的に下げさせて――そのまま「さざんか」に泊まることになった。翔はもともと、

「ネカフェかファミレスに泊まるつもり」

だったらしいが、「さざんか」の近辺にそんなものはない。騒動のせいでバスも終わっている時刻になっていたし、駅は歩いて行くにはやや遠い。僕やチカくん、ケイちゃんは免許こそ持っているが、「さざんか」に車は置いていなかった。タクシーを呼ぶという手はあったが、

「そんなの、金がかかるだけだろ」

というチカくんの一言であっさり却下された。

結局、「さざんか」に泊まって明日の朝帰ることになった翔は、今日は俺とチカくんの部屋で寝ることになったのだった。ちなみに、チカくんはリビングに布団を持っていってすでに寝ている。

「でもなあ、ネカフェもファミレスも近くにないって。ここ東京だろ？　東京って何でもあるんじゃないの？」

布団を敷き終え、さっそくごろごろと寝転がりながら翔が言うのに、僕はパジャマを投げて渡しながら口を尖らせた。

「東京にもいろいろあるの。翔が世間知らずなだけだから」

「ふうん……」

翔はのろのろと起き上がると、パジャマに着替え始める。その様子を横目で見ながら、僕はふと、実家で暮らしていた時のことを思い出した。

実家では、僕と翔は一部屋を一緒に使っていた。

元々は僕の一人部屋だった場所だ。そこを後からやって来た翔と使わなければならなくなった時、腹も立ったし、邪魔くさくてしょうがなかった。だが、日が経つにつれて二人部屋にも翔にも慣れてくると、不思議なもので、たまに一人になると物足りなくなってしまった。

「なあ、兄貴」

「何？」

さっさとパジャマに着替えた僕は、布団に潜りこむ。見ると、翔はまだパジャマに着替えている途中だった。妙にのろのろとした動作に違和感を覚えていると、

「俺、結婚することにしたんだ」

いきなりの告白に、僕は思い切り咳《せ》きこんだ。

「は⁉　え、誰が？」

「俺って言っただろ」

「あ、ああ……そうか。へえ、びっくりした……」

しかし、別に戸惑う必要はないのだ。僕は潜りこみかけていた布団から起き上がると、あぐらをかいて翔を見る。

「そっか。良かったじゃん！　おめでとう！」

「本当にそう思ってる？」

照れ隠しなのか、翔はパジャマに頭を突っこんだまま言った。パジャマの下でモゴモゴと動く様子は、いつかビデオで観た宇宙怪獣みたいだ。そういえば、あの怪獣の名前は何だったっけ……。そんなことをぼんやりと考えながら、僕は大きく頷く。

「そりゃ思うよ。へえ、そっか。翔が結婚ねえ……相手、どんな人？」

「職場の上司」

「上司！　もしかして年上？」

「まあ……十五歳くらい上」

「えっ⁉」

僕が思わず声を上げるのと、翔がパジャマからズボッと頭を出したのはほぼ同時だった。

この時、静電気のせいでボサボサになった髪を振り乱しながら、翔がどこか不安そうな目をしていたことに、もし僕がもっと冷静だったら気が付いたかもしれない。しかし、この時の僕はすっかり興奮してしまってそんなことちっとも気が付かず、ただ布団に両手を付くと、ぐいぐいと翔のほうへ身を乗り出した。

「すごいじゃん！　え、何？　どうやって付き合ったの？　どっちから告白したの？　プロポーズは？」

「ちょ、そんないきなりたくさん聞くなよ」

「ああ、ごめん。で？　どうなの？」

僕が詰め寄ると翔は肩を押して距離を取ろうとしてきたが、その顔はどう見ても緩んでいて、本気で嫌がっているようには見えない。翔は「ちょっと待って」と言うと、パッと立ち上がるとあっという間にパジャマに着替えた。

「告白したのは、俺」

パジャマ姿になった翔はあぐらをかきながら言った。僕も翔の前に座り直し、次の言葉を待つ。

「付き合って一年くらい。元々は俺の指導係だったんだ」

翔は高校を卒業した後、進学はせずに就職をしていた。地元のスーパーで働いているのだが、相手の女性はそこの先輩社員らしい。

「咲《さき》さんっていうんだ。正直さ、自分でも信じられないよ。十五も年上で、しかも上司だぜ。あり得ないよな。元々年上好きってわけでもなかったしさ」

「うんうん」

「でも、気が付いたら好きになってたんだ」

「いいねえ、いいねえ」

自分の頬の筋肉がだらしなく緩んでいることはわかっていた。だが、わかっているからといってどうすることもできず、浮ついている気持ちをごまかすように翔の肩をバンバンと叩く。

「わかるわかる。理屈じゃないんだよな、恋って」

「……何か、キモいな」

翔のちょっと乱暴な照れ隠しも、今は気にならない。今日はいろいろあったからだろうか、弾み方を思い出したゴムボールみたいに心がウキウキしてしょうがないのだ。

そんな僕に翔は呆れた顔を向けてきたが、それでもあぐらをかいた上半身は、僕のほうへと傾いている。

「それで俺が告白して……」

「うん」

なぜか小声になる会話に、俺と翔は顔を寄せ合う。

「正直ダメもとだったけど、咲さんからＯＫをもらって付き合うことになった。結婚は、最初は咲さんがそんな話をしてて、俺が意識するようになったんだ」

「でも、二十歳じゃいろいろ迷ったろ？」

「そりゃあね、自信もなかったし。それでも咲さんが望んでくれるならいいかなと思ったんだけど……」

「何?」

「みんないろいろ言うんだよなあ。早過ぎないか、年上過ぎないか、他にいい人がいるんじゃないか、挙句の果てには騙《だま》されているんじゃないか」

天井を仰ぐように背中を反らして言う翔に、僕は「あ〜」と返事とも感想とも言えない言葉をもらした。

翔は深々とため息を吐くと、ぐいと反らしていた背中を戻し、今度はストレッチをするように丸める。

「咲さんもいろいろ言われてるみたいでさ。年下の男をたぶらかしたとか……別にたぶらかされてねえっての」

首の後ろをガシガシとこすりながら言う翔を見ながら、僕はふと、翔がここにいる理由に思い当たった。

「もしかして翔、その話をしに東京まで来たのか?」

「いや、まあ……」

翔はバツの悪そうな顔で、あぐらをかいた自分の足首を両手で摑みしばらくゆらゆらと体を揺らしていたが、遂に観念したように体を止める。

「いろいろ言われて……兄貴もずっとこんな気持ちだったのかなって思ったんだ」

翔の声が、古いエアコンの風に混じって部屋をゆっくりと回る。僕はごろりと布団の上に寝転がると、手を頭の後ろで組んだ。すると翔も同じように隣で転がった。

「兄貴には幸せになってほしいって前から思ってはいたけど、何か今回のことで余計にその気持ちが強くなったというか、気持ちが先走ったというか……いろいろ言っちゃったけど。でも俺、あの人に周りのやつらと同じことしちゃったんだよな」

「そうだよ。ちょっとは反省した？」

「したよ。ごめん」

「それ、明日チカくんに言いなよ」

「う……わかってるよ」

気まずそうに言葉を濁す翔を首だけ回して見ながら、僕は小さく笑った。翔とこんなふうに並んで寝転がるなんていつ以来だろうか。

「そろそろ電気消すか」

反動を付けて立ち上がると、吊《つ》り下がっている照明の紐《ひも》を引っ張った。カチンと音がして白い光が薄くなる。もう一度引くと、部屋にはオレンジ色の豆電球だけが残った。夜に滲む明かりがぼんやりと僕たちの上に落ちてくる。

「兄貴って豆電球派だっけ？」

翔が布団に潜りこみながら言った。

「僕じゃなくて翔だろ。昔は豆電球点《つ》けなきゃ泣いてたじゃないか」

「いつの話だよ！　別にいいよ、真っ暗で」

「そう？」

もう一度紐を引っ張ると、部屋は完全に暗くなった。暗闇に慣れていない目ではうっかり翔を踏み付けてしまいそうだったが、どうにか避けて布団に潜りこむ。

見えなくても、隣には翔の気配を感じる。何となく懐かしくなって、僕は思わず笑った。

「何だよ」

「いや、何だか懐かしいなって。実家にいた頃はこうして二人で並んで寝てたわけだし」

「並んではいないだろ。二段ベッドだったし」

「細かいなあ」

暗闇の中では、自然と声もひそやかになる。耳に近いところで囁くような翔の声を聞いているうち、僕はだんだんと意識が微睡《まどろみ》始めるのを感じた。翔も同じなのか、次第に声が途切れがちになる。

「あのさあ、翔……」

「何」

「僕ね、パートナーっていうのは一方通行じゃないと思うんだ」

「一方通行……?」

「相手に理解してもらうだけじゃない。こっちも相手を理解しなきゃ。パートナーの一番の理解者はパートナーだからな」

「何それ、意味わかんねえ」

「え？　今ちょっと良いこと言ったつもりなんだけど」

「わかりにくい。けど……わかるよ。あのさ……」

ふと、沈黙が落ちる。

次の言葉を待っていた僕は首を上げて隣を見た。翔の影がもぞりと動く。

「オムライス、うまかったって言っといて」

早口に言うと、翔は「おやすみ」と逃げるように布団をかぶってしまった。

僕は笑い出したいのを我慢して、ぽすんと枕に頭を落とす。

今日はいろいろあった。あったけど、思い返してみれば楽しかったとも思える。いろいろあっても最後は楽しかったと笑い合える関係。

こういうのを家族というのだろうか。

そういえばチカくんは今、ホームドラマを書いているのだった。もしかしてこんな話は参考になるだろうか。

(明日、話してみよう……)

そんなことを思いながら目を閉じる。瞼《まぶた》の向こうにそろそろと夢が近付いてきていた。

だが、そちらへ行く前に、もう一つだけ翔に言っておかないといけないことがある。

「ありがとな、いろいろ心配してくれて」

寝てしまっているかもしれないが、今はそれくらいがちょうどいい。僕は寝返りを打つと、翔に背を向けた。ゆっくり深呼吸をくり返すうち、夢はどんどん近付いてくる。意識がゆらゆらと揺れて、夢と現実の狭間があやふやになる。

「別に、家族だし」

ふと聞こえたその声はもしかしたら夢のものだったのかもしれないけど、僕はとても幸せな気持ちで、ゆっくりと夢の中へ沈んでいった。

## 五話　さざんかとバーベキュー

九月を秋だと思っていたのは、いつまでのことだったか。

今は秋どころか夏の勢いが増すばかりで、一歩でも外へ出れば体中から汗が吹き出してきて不快なこと極まりない。

それでも多少は季節が進んでいるのだと主張するようなツクツクホウシの鳴き声を窓の向こうに聞きながら、俺はエアコンの効き過ぎた狭い部屋の中、男三人で唸《うな》り声を上げていた。

「んん～、悪くはないよ。悪くはないんだけど、何か違うっていうかねぇ」

そう言《い》って、俺の書いたプロットをペシペシと手の甲で叩《たた》くのは、プロデューサーの岩《いわ》井だ。年ごとに一回りずつ体が大きくなっている岩井は、俺が新人の頃から何かと縁のある男で、歳《とし》の頃も俺とさほど変わらないだろう。「だろう」というのは、年齢なんかわざわざ確かめたことがないからだ。

俺は向かいに座る二人にバレないようにため息を吐くと、岩井から隣の比良《ひら》へ、視線を移した。監督の比良は、岩井と正反対にひょろりと背の高い痩せ形の男だ。歳は俺たちより上らしいのだが、見た目はぐっと若く、岩井はもちろん俺と比べても年下に見える。比良は俺の視線に気が付くと、困ったように笑い、数枚にわたるプロットを丁寧に机へ置いた。

「そうですね、僕も決して悪くないと思うんですけど」

「……具体的に何かありませんか」

視線にこめた期待をあっさりと流された俺は、あきらめてそう聞いてみた。しかし、そう言葉にしたところで、岩井と比良から新しい何かを引っ張り出すことはできず……。

「うーん、悪くないんだけどねえ」

「そうですね」

同じことが繰り返されるだけの時間が過ぎていく。ちらりと壁にかけられた時計を見ると、打ち合わせを始めてから既に二時間が経《た》っていた。

俺はもう何度目かのため息を吐いて、自分の書いたプロットに視線を落とした。

別に、岩井や比良が悪いわけではないのだ。これを書いた俺自身も、彼らと同じように「何か」が物足りないと感じている。しかし、その「何か」がわからない。

（やはり、俺にはホームドラマなんて無理だったか）

ついそんな弱気な気持ちも芽生えるが、今さらそれを言ったところでどうしようもない。

「あの、先生」

比良の声にハッと顔を上げる。痩せているというよりも削《そ》げているといったほうがいいような頬には照明の作った影が落ち、比良の顔のパーツをくっきりと浮かび上がらせている。俺が黙っていると、比良はプロットをテーブルに置き、空いた両手の指を絡めるように組んだ。

「この話のテーマ……というより書きたいことかな。そういうのはどんな感じに考えられてます？」

「そうですね……」

脳裏に光介《こうすけ》の言葉が蘇《よみがえ》る。

――いろいろあっても最後は楽しかったと笑い合える関係。そういうのが家族なのかなって思ったんだ。

いきなりやって来て言いたい放題言って、嵐のように去って行った弟を駅まで送った帰り道、光介はそんなことを言った。

なるほど、と思った。

確かに、何も問題のない家族なんていないだろう。何かがあった時、そのまま壊れるのか、それとも乗り越えて笑い飛ばせるようになるのか。その違いはどこにあるのか……。

「……と、そんなことを考えて」

細かいことは省いて語った俺の話を「うんうん」と頷《うなず》きながら聞いていた比良は、

「言いたいことはわかります」

と、妙に嚙《か》みしめるような口調で言った。隣の岩井も「確かになあ」なんて頷いている。

しかし……。

「根本は悪くないと思うんだよ。思うんだけどなあ」

「ですねえ」

二人はそう言って、また「ううーん」と唸り始めた。

喉がぐっと詰まる。俺はその詰まりを治すように、もう一度長くて細いため息を吐いた。

＊

深夜、光介が寝た後に仕事をする時は、リビングに移動して作業をすることにしている。慧《けい》も莉子《りこ》もしょっちゅう夜更かしをするようなタイプではないから、この時間のリビングにはほとんど誰も来ない。だが、来ないとも限らない。その僅《わず》かな緊張感と虫の気配が強くなった夜の匂いに包まれて、深夜のリビングは自分でも思いがけず作業が進む場所になった。

しかし、今日ばかりは全く作業が進まない。もう何十分も文字を打ちこんでは消し、打ちこんでは消しを繰り返している。

いい加減その作業にも飽きてきて、俺は椅子の上でぐぐっと背中を反らした。急に腹が空いた。いや、空腹に気が付いたというべきか。一度気が付くと意識は全て空腹のほうに持っていかれてしまった。

俺はパソコンを閉じ、立ち上がった。こうなったらしかたない。夜食にしよう。

冷蔵庫の中身を思い浮かべながらキッチンへ移動する。この時間にあまりガチャガチャと音を立てて作る料理は少し気が引けるし、何より面倒だ。ここはやはり火を使わず簡単に作れるものにしよう。

（そういえば、刻みネギが大量にあるな）

薬味系はあらかじめ作ってストックしておくことが多いのだが、今回は中くらいのタッパーに二つ分も刻みネギができあがっている。昨日、光介に買い忘れたネギを買ってくるように頼んだら、細ネギを買ってきた。本当は、白ネギが欲しかったのだ。

（まあ、ネギはあっても困らないからな）

俺はネギのタッパーと、ついでに卵とカニカマを取り出した。材料を作業台に並べてから、次は冷凍庫を開ける。取り出したのはラップに包んで冷凍した白ご飯だ。

まずはご飯を電子レンジで解凍する。その間に、鶏《とり》がらスープの素、塩コショウなどの調味料や使う食器、カトラリーも全部出しておいた。

パズルを組み立てるように、時間も材料も無駄のないよう料理をするのは楽しい。一つ一つを積み重ねていく工程。できあがったものをおいしいと言いながら食べる。どちらにも達成感があって、それもまたいい。達成したものが目に見えるというのは、思っている以上に大事なことだ。

解凍できたご飯は、流水で洗う。別に洗わなくてもいいが、洗ったほうがサラサラな食感になって、個人的には好みなのだ。スープカップに洗ったご飯に水と鶏がらスープの素、カニカマ、塩コショウ少々を入れて、最後に溶き卵を回し入れる。ラップをかけて電子レンジで加熱すれば、即席中華雑炊の完成だ。

ラップを外すと、鶏がらスープの香りがふわりと湧き上がり、鼻腔《びこう》をくすぐった。香りに刺激された空腹が暴れ出し、口の中がじゅわりと濡《ぬ》れる。俺は用意していたスプーンとカップ、それにネギのタッパーを持ち、急いでテーブルへ移動した。

「いただきます」

自分が言い終わるまで待つのももどかしく、俺はさっそく雑炊を口に運んだ。「うん」と思わず頷く。鶏がらの旨みと塩気が混ざり合い、さっぱりしているのに満足できる味だ。持ってきたネギもたっぷりとかける。さっぱりとしたところにネギの青い香りが加わり、さらに食欲が増す。俺はほとんど何も考えず、夢中で雑炊を胃に流しこんだ。

カップ一つの雑炊は、五分と経たずになくなった。だが、それだけでも十分満たされる。腹というより、気持ちが満たされるというのだろうか。深夜に食べる飯は、罪悪感も多いが、その分満足感も多い気がする。

「何かいい匂いがする」

不意に聞こえてきた声に、すっかり油断していた俺は文字どおり飛び上がりそうになった。慌ててふり返ると、ジャージ姿の慧が立っていた。

「何か作ったの？」

言いながら、慧は俺の向かいに座った。俺は「ああ」と答える。

「夜食をな。中華雑炊を作った」

「へえ」

慧は俺の前に置かれた空っぽのカップを見ながら、感心したような声を上げる。

「今さらだけど、チカって料理上手よね」

「一人暮らしが長かったし、飯を作るのは嫌いじゃないからな」

「そうね、嫌いじゃないっていうのは大事よね」

頷きながら言う慧の表情は、ほとんど動いていなかった。

俺は僅かに首を傾《かし》げて慧を見た。深夜だからだろうか。いつもよりも感情の波が少ない気がする。そもそも休みの前日でもない日に、慧がこんな深夜まで起きていることなんて滅多にない。

「寝なくていいのか？　明日も仕事だろ」

「ううーん、寝たいんだけどね。何か目が覚めちゃって」

「ふうん……何か飲むか？」

俺は空になったカップを手に取り、腰を浮かした。すると、俺が完全に立ち上がるよりも早く、慧は椅子を弾《はじ》くようにして立ち上がった。

「私がやる。チカは座ってて」

「そうか？」

俺は素直に従うと、カップを慧に渡した。慧は俺の食べ終えた雑炊のカップも持って、キッチンへ向かう。座り直した俺は、キッチンの中で動く慧をぼんやりと眺めた。

「コーヒーでいい？」

「俺はいいが……慧はいいのか？　余計に眠れなくなるぞ」

「あ、やっぱりそう思う？　でもね、自慢じゃないけど私、これまでコーヒーを飲んで眠れなくなったことないのよね」

ようやく慧の表情が動いた。コーヒーを淹《い》れるためにキッチンの中で動き回るうち、慧はいつもの様子を取り戻していくように見えた。

やはり慧にはキッチンが似合う、と思った。

前に光介が「チカくんがキッチンに立っているとお母さんみたいで安心感あるよね」などと言っていたから、そういう意味では俺も似合うといえるのかもしれない。もっとも、光介の評価については全くもって不本意ではあるが……。

だが、慧の「似合う」は、俺のそれとは違う。あるべきものがあるべき場所にあるような、自然で必然な「似合う」だ。

「慧のいる場所はやっぱりキッチンなんだな」

思わずそんなことを言うと、慧はハッとした様子で顔を上げた。まずいことを言ったかと一瞬焦るが……。

「そう思う？」

期待というか喜びというか、目を輝かせて慧は俺を見てきた。少なくとも気を悪くしたわけではなさそうだ。

「ああ、何となくそう思っただけだが」

「そう、そっか。私もキッチンに立つのは好きよ。ま、そんなこと言いながら家ではほとんど立たないけどね」

「仕事で十分満たされてしまうからだろう」

「そうね。お腹《なか》がいっぱいになるって感じかしら」

ふわりとコーヒーの香りが漂ってきた。

そういえば、以前は足繁く通っていた「サラセニア」へも、最近はあまり行っていない。あの時は、無意識のうちに人の気配を求めていた。都会での一人暮らしより、静かな郊外での一人暮らしのほうが一人だと強く感じていたのだ。

（だとすると……通わなくなった今は人の気配を求めなくて良くなった、つまり一人だと感じなくなったということか）

思いがけずそんなことを考えて、自分のことながら少し驚いた。俺は子供の頃から一人遊びが得意だったし、お一人様とか言われても別に何も思わない。一人でいることにそれほど抵抗のない人間だと、自分では思っていたのだが。

「はい、コーヒー。チカはブラックでいいわね」

「ああ」

コトン、と前に置かれたマグカップからコーヒーの香りと湯気が立ち昇る。

ゆっくりと味わうように飲む。香り高くほろ苦いコーヒーの味が胃に落ちると、不思議と心が落ち着いた。食というのは不思議だ。空腹を満たすこともあれば、気持ちを満たすこともある。

「私さ」

マグカップを両手で包むように持った慧が、ぼそりと言った。コーヒーに向いていた意識を慧に向けると、慧は何かに迷っているのかしばらく指をもぞもぞと動かしていたが、

「お店に新しい料理人を雇うことにしたの」

早口で言った。小さいがきっぱりとしているところを見ると決心は付いているらしいが、何となく寂しそうに見えるのはなぜだろうか。

「店を大きくするのか?」

慧の店は、料理もスイーツも慧が作っている。雇っているのはホール係のアルバイト数人だけで、それも同時にシフトに入るのは二人くらいだ。

「自分の目が届くくらいの大きさが理想なの」

と、いつか慧は言っていた。だから、その人数で回せる今の店の大きさが、おそらく慧の理想の大きさなのだと思っていたのだが……。

「大きくするというより……私の生活を見直すためね」

「見直す?」

「ほら、私って今、ほとんど休みもないような状態でしょう。飲食店だから朝は早くて夜は遅い。定休日こそあるけど、それもうっかりすると新作メニューの考案とかで潰しちゃ

うことも結構あるし」

「ああ、そうだな」

いつだったか慧と莉子が出かけるのに、光介がくっ付いて行った時のことを思い出す。後から聞いた話では、あの時、慧はさっさとデートを切り上げて店で新作スイーツの試作品をつくっていたというではないか。莉子はああいう性格だから何も言わなかったようだが、さぞ寂しい思いをしただろう。

「それはやっぱり、莉子のためか？」

言うと、慧はパッと顔を上げて目を丸くした。だが、すぐに観念したように苦笑いを浮かべると「そうね」と頷いた。

「前に、チカが私の実家へ来てくれたでしょ。あれがきっかけになったというか……いろいろ考えたのよ、私」

慧はぐぃとコーヒーを飲んでから、カップをテーブルに置いた。俺はコーヒーを少しずつ飲みながら慧の言葉を待つ。

「嘘《うそ》を吐き続ける……嘘を守るっていうのは、本当の孤独を選ばない限り難しいんじゃないかと思うの」

「本当の孤独？」

「ほら、コウの弟くんがここへ来たことあったじゃない。あんなふうにね、嘘は誰かに影響を与えるの。歪《ゆが》み……と言っていいのかわからないけど、嘘を吐けばどこかに歪みが生じて、それは波紋のように広がっていく。私たちだけに留《とど》まらないのよ」

「……それは、そうかもしれないな」

嘘、といってもいろいろある。その場限りの小さな嘘ならば、川に流した小石のように誰にも気が付かれないまま、消えてしまうこともあるだろう。嘘を吐いた相手が二度と会うことのないような関係なら、切れた縁と一緒に嘘も葬られるだろう。

だが、俺たちの嘘は違う。俺たちの嘘は、自分自身の深くて大切なところを偽る嘘だ。だからこそ、自分はもちろん、自分たちに関わる人々に大きな影響を与えてしまう。

そんな嘘をずっと守ろうするなら、慧の言うとおり、孤独を選ぶしか術《すべ》はないのかもしれない。反対に、孤独を選ばなかったら、その時は……。

「……だからね、そろそろ決めなくちゃって思ったの」

何を、と言いかけた言葉を、俺はコーヒーと一緒に飲みこんだ。聞いてはいけない……いや、聞くのが怖いと思った。怖いと思うくらいには、慧が何を言おうとしているのかを俺は察していた。

「そうか」

代わりにそう言って、俺は残っていたコーヒーを一気に飲み干した。いつの間にかすっかり冷めてしまったコーヒーが喉を流れ、胃をヒヤリと撫《な》でる。底に残っていたコーヒーは少し苦かった。

*

「ぎゃあー…っ！」

突如として響き渡った悲鳴に、ソファでウトウトとしていた俺は飛び上がって目を覚ました。

昨夜は結局、徹夜をしてしまった。といっても、慧が部屋に戻った後に再開した作業はやはりちっとも進まず、ぐだぐだとパソコンの前で過ごすうちに朝になってしまっただけなのだが。

そのまま朝食を作り、仕事に行く慧と莉子を見送り、さすがに少し眠くなってソファで休憩していたところに、光介の悲鳴が響き渡ったのだ。

「光介？」

慌てて辺りを見回すがリビングには誰もいない。部屋に行ってみても障子はピシリと閉めきられているし特に異常はない。風呂場もトイレも、一階には誰もいなかった。慧と莉子のスペースである二階に、二人がいない時に光介が上がるとは思えない。となれば、

「外か？」

俺はいったん自分たちの部屋へ戻ると、障子を開け放った。途端、昼の光を受けた縁側が広がる。その向こう、庭にある水のない池の中から、

「光介……？」

逆さまの人間の足が生えていた。

「何やってるんだ？」

犬神《いぬがみ》家か、とツッコミを入れたかったが、それは我慢した。光介はたぶん犬神家を知らないだろう。

「あ、チカくん。おはよう」

足が引っこみ、代わりに顔が池の中から現れた。俺は呆《あき》れた気持ちをたっぷりとこめてため息を吐く。

「おはようじゃないだろ……何をやっているのか聞いているんだ」

「掃除だよ、掃除」

「掃除？」

見ると、確かに光介の側にはデッキブラシやバケツ、ホースなどが置かれて、いや、散らばっていた。光介自身もジャージとTシャツ、サンダル姿だ。

しかし、「さざんか」に引っ越してきてからというもの、光介が自ら掃除をしたことなんて一度もない。俺や慧に言われてしぶしぶ動き出すのが常だ。そんな光介がいきなり何をしているのだと思う気持ちが顔に出ていたのだろうか。光介は転んで打ったらしい尻をさすりながら言う。

「前にさ、チカくんが言ってたじゃん。昔はここも水が張ってあって亀が泳いでたって。

その時みたいにこの池を復活させることができないかなあと思ったんだ」

「確かにそんなことを話したような気もするが……」

だが、何でいきなり？　思わず眉をしかめると、光介は「へへ」と笑いながら鼻の頭をかいた。

「何となく見てみたくなったんだよね。チカくんのおじいちゃんたちがよく眺めていたっていう庭」

確かに、祖父母は生前、よく縁側に腰を下ろして庭を眺めていた。

日本庭園というには気が引ける小さな手作り感溢《あふ》れる庭だが、だからこそ身近な、足を踏み入れたら優しく迎えてくれそうな気がする温かな庭。

「そういえば……」

水のない池の中で、光介は再びデッキブラシで底をこすり始めた。ホースで濡らされた底石は黒く染まり、僅かに浮いた水が昼の光を受けてきらきらと輝いている。

「この池、確かじいさんが造ったんだよ」

「え⁉」

デッキブラシが大きく滑り、ジャッ！　と大きな音がした。霧のような水飛沫《みずしぶき》が微《かす》かに飛んでくる。

「これ手作りなの？　え、池って手作りできるものなの？」

「どんなものだって誰かの手作りだろう」

「そういうこと言ってんじゃないの」

「確かそっちの山茶花《さざんか》もじいさんが植えたんじゃなかったかな」

「チカくんのおじいちゃんって、庭づくりが趣味だったの？」

「いや、それは……聞いたことないが」

むしろ祖父は、あまり趣味のない人だった。現役刑事だった頃は仕事一筋。退官して時間を持て余すようになってからは映画やドラマを頻繁に見るようになったが、他に趣味があったような話は聞いたことがない。

（しかし、言われてみると……）

そんな祖父がどうして庭など造ったのだろう。池も植木も、思い付いたからと言ってすぐにできるような簡単なものではないはずだ。そんなものをわざわざ造ったのであれば、何か理由があったのではないだろうか。

職業柄か、俺は一度気になったものは調べてみないと気が済まない。

「光介、池のことだが」

「何？　一緒にやる？」

「そっちは任せる。欲しい道具があったら言え」

「ええー、そこは一緒にやろうってなるのが王道ストーリーなんじゃないの？」

光介が口を尖《とが》らせて言うのを背中で感じながら、俺は二階へ向かった。

二階は基本的に慧と莉子のフロアで、俺や光介は滅多に上がらない。だが、その二階には一室だけ、俺たちの誰も使っていない部屋があった。

階段を上ってすぐ右側に、大きめの和室がある。そこが慧と莉子のメインに使っている部屋だ。左側の部屋も和室だが右側の部屋より小さく、ここも慧と莉子が使っている。

その右側の部屋の奥。今は物置きとして使っていて、祖父母の荷物をまとめて置いてある部屋。

祖父母の荷物は、二人が亡くなった後に母親が大部分を整理した。最初は家を壊して土地を売る予定だったから、ほとんどの荷物は形見分けをしたり処分されたりしていったのだが、それでもまだ少し残っていた。最終的にはどうにかするつもりだったのだろうが、その前に俺がこの家を借りることになり、結局それらの荷物はこの家に残される形になった。

扉というよりも戸板と言ったほうがいいような古いドアを開けると、むわりと埃《ほこり》の混じった熱気が立ち昇って思わず咳《せ》きこんだ。手でバタバタと顔の周りを扇ぎながら、とにかく窓を開ける。

外気がするりと部屋に入ってくる。決して涼しいとは言えない風だが、それでも溜《た》まっていた沼に一筋の清水が流れこんできたような心地良さがあった。

俺は一息吐くと、部屋をぐるりと見回した。

山積みにされたダンボール。空っぽの衣装ケースや針のない置時計など、なぜ残されているのかわからないものもあるが、一度は整理されているだけあって、それほど雑然としているわけではなかった。それに、俺自身も一度手を入れているから、何があるかくらいは薄っすらと記憶が残っていた。

（確かこの中に、アルバムがあったはずだ）

俺はガタガタとダンボールをずらし、体をねじこんだり首を伸ばしたりしながら、アルバムの入っているそれを探した。

俺の気になったら調べたくなる癖が職業柄というなら、祖父の何でもメモを取るメモ魔なところは刑事という職業柄だったのかもしれない。祖父はとにかくメモを取る人だった。買い物に行く時、買うもののリストをメモするくらいはわかるが、買ったものをずらりとメモして帰って来た時は、俺も祖母も苦笑いするしかなかった。

そんな祖父だから、アルバムにも様々なことが書きこまれていた。

祖父母の残したアルバムは、驚くほどたくさんあった。

祖母は、本格的ではないが、写真を撮るのが好きだった。それに加え何でも記録を取りたがる祖父が几帳面《きちょうめん》に整理をしたためか、雑誌ほどの大きさのアルバムが何十冊と残されていた。

いくら折り合いが悪かったとはいえ、さすがにアルバムを捨てるのは忍びなかったのだろう。大部分は母親が引き取ったが、それでも全部は無理だった。結局、引き取れなかった分はこの家に残された。

今ここにある写真のほとんどは、祖父母だけが写っているものだ。おそらく娘もいなくなり、二人きりで過ごすようになってからの写真なのだろう。中には旅行のものらしい写真もあったが、大半は日常の写真だった。

庭を造った時の写真が残っている可能性は十分にあるのではないだろうか。

「あった」

俺は一番奥、よりによって積み上げられたダンボールの一番下に、目的のものを見つけた。側面にマジックで「アルバム」と書いてあるダンボール。俺はダンボールの林の中で、体を捩《よ》じったり曲げたりしながら、上のダンボールを下ろし、下ろしたダンボールを置くためにさらにダンボールを動かし、とうとう目的のダンボールを引きずり出した。

「大騒動だな……」

エアコンがないせいでもう汗びっしょりだ。俺は深々と息を吐き、首の汗をシャツで拭いながら、ダンボールをこじ開けた。

予想どおり、アルバムには庭を写したものが何枚もあった。しばらくは既に今の形になっている庭の四季折々のような写真だったが、何冊目かのアルバムの最後のほうで、

「『遂に完成』……」

きれいな水がゆらめく池の写真。その横に書かれている文字を見て、俺は思わず口角を上げた。これだ。この写真の池は、祖父が造り上げたばかりの時の池なのだ。まだ亀も泳いでいないし、水も池の水としてはきれい過ぎる。おそらく水道の水を入れたばかりなの

だろう。

俺は写真の場所がわからなくならないように、ダンボールに紛れこんでいたハガキを挟んでから他の写真を探しにかかった。池の写真があったのなら、山茶花を植えた時の写真がある可能性は高い。自分の予想が当たっていたことに力を得た俺は、暑いのを堪え、次々にアルバムのページをめくった。

＊

エアコンの効いた部屋というのは本当にありがたいものだと、俺はしみじみ思った。物置から目的の写真を見つけ一階へ下りてきた時、俺はもう全身汗だくだった。池の掃除をしていた光介が、

「チカくん、池の掃除してたっけ？」

などと言うくらいびっしょりだった俺は、ひとまずアルバムから抜き取った写真をリビングに置き、シャワーで汗を流した。さっぱりしてリビングへ行くとエアコンが効いていて、光介がソファでアイスクリームを食べているところだった。

「チカくんの分もあるよ」

「ああ」

俺はそれほど甘いものが好きなわけではないが、暑い時のアイスクリームは別だ。冷凍

庫からバニラ味のカップアイスを取り出し、光介の隣に座る。

「ねえ、この写真は？」

光介はソファの前に置かれたテーブルを指差した。

「じいさんからの謎解きだ」

物置きから持ってきた写真は三枚。

完成したばかりの池の写真。

池で飼い始めたばかりの仔亀の写真。

植えたばかりの山茶花の写真。

それぞれの写真の端に貼った付箋には、それぞれアルバムのメモ欄に書かれていた祖父の文をそのまま写して書いてある。

池の写真には「一九七二年三月　遂に完成した。川であれば良かったが、これはこれでなかなか上出来だろう」

亀の写真には「一九七七年五月　ここまでぴったりなものもない」

山茶花の写真には「一九八二年九月　探すのに苦労したが良いものを見つけた。家内のおかげだ」

メモを読み上げた光介が、写真を手にしたまま首を傾げる。

「これ、どういう意味？」

「さあな」

どうして祖父が庭を造ったのか。それを知るヒントになると思って写真を見つけたまでは良かったが、肝心のメモの意味がわからない。他の写真はもっと「楽しかった」とか「気持ちがいい天気だ」とか、感想めいた普通のメモなのに、この三枚だけどうしてこんな謎解きのような文章なのだろうか。

「何かわかると思ったが、謎が増えただけだったな」

「あ、じゃあさ。オーナーに聞いてみれば?」

「……何でそうなるんだ」

「だって、おじいちゃんの娘でしょ? チカくんの知らないことを知ってるかもしれないよ?」

「じいさんと母親は仲が悪かった。こんな写真やメモのことなんか知ってるわけがないだろう」

早口に言うと、アイスクリームを口に放りこむ。口の中に入れたアイスが溶ける前にさらに食べる。冷たさが神経に走り、眉間の辺りが痛んだ。

光介はチョコレートのアイスを食べながら、それでもまだ何か言いたそうにしていたが、結局何も言ってこなかった。代わりにテーブルに並べ直した写真と付箋を眺めていたが、不意に「あれ?」と声を上げた。眉間を指で揉《も》んでいた俺は、半目を開けて光介を見る。

「何だ?」

「ね、この山茶花の写真のメモさ。チカくんの誕生日の年と月だね」

「ああ、そういえば……」

　確かに一九八二年九月は、俺の生まれ年と月だ。

「もしかして他の年数も誰かの誕生日とか？」

「言われてみると……」

　俺は仔亀《こがめ》の写真を手に取った。一九七七年五月。これは、

「二番目の兄の生まれ年と月だ」

「ほら！」

　光介は残っていたアイスを一気に食べると、空っぽになったカップをテーブルに放り出した。ソファの上で弾むように体を動かしながら、一枚目の写真を指差す。

「チカくんって三人兄弟でしょ？　だったらこれは一番上のお兄さんの誕生日なんじゃないの？」

「いや、それは違うな」

「ええ……」

　急速冷凍のようにテンションの下がった光介は、スッと静かになってソファに体を沈める。そんな光介に思わず苦笑いしながら、俺は改めて写真を見た。

（確かに、三枚のうち二枚が俺と兄の誕生年と月というのは、偶然にしてはでき過ぎているな……三分の一なら偶然でも、三分の二なら必然なんじゃないか？）

　俺は池の写真を手に取った。よく見ると、池の水にぼんやりと古めかしいカメラを構え

た祖父の姿が写りこんでいた。やっと完成した池を前に、嬉々《きき》としてカメラを構えたのかもしれない。

祖父はどちらかというと愛想の悪いタイプの人間だったが、俺の知らない祖父の顔なんてきっとたくさんあっただろう。

「誕生日だったらさ、記念的なアレだと思ったんだけどな」

ソファに身を沈めた光介が口を尖らせて言うのに、俺は首を傾げる。

「記念的なアレ？」

「そうそう、孫が生まれた記念みたいな。ほら、よく子供とか孫とかが生まれた時に木を植えたりするでしょ？」

「ああ……」

なるほど。確かにそういうこともあるかもしれない。だが、そうだとしたら、やっぱり問題になるのは池の写真の日付だ。単純に祖父の勘違いということもあり得るかもしれないが、記念に池を作るほど孫の誕生を喜んだのだとしたら肝心の日付を間違えるなんてことはあるだろうか。

俺はもう一度、池の写真を見つめた。付箋に書かれたメモ。一番目の兄が生まれたのは一九七一年の十二月。近いといえば近いが……。

「……遂に完成した」

メモに書かれた言葉を呟《つぶや》いた瞬間、カチッと時計の針が重なったような、何かが揃《そろ》った気がした。

「ああ、そうか」

「え、何?」

俺の声の調子が変わったことに気が付いたのか、ソファから体を起こした光介が写真を覗《のぞ》きこんできた。咄嗟《とっさ》に写真を光介のほうへずらして見せながら、俺は日付を指差した。

「これはやっぱり記念だ、光介の言ったとおり。池は一番目の兄が生まれた時に造ったんだ」

「でも、日付が違うんでしょ?」

「そう思ったんだが、これはたぶん池が完成した日付だ。兄が生まれたのは一九七一年の十二月。池なんて一日二日でできるものじゃないだろ? この頃はじいさんも仕事をしていただろうし……三ヵ月くらいかけて作って、それで思わず完成した時の日付――写真を撮った時の日付を書いたんじゃないか?」

「ああっ、なるほど!」

光介はポンと両手を合わせると、顔を輝かせて何度も頷いた。「きっとそうだよ!」と言いながら、俺の肩に圧し掛かって写真を覗きこんでくる。暑い、と言いたいところだったが、エアコンの効いている部屋でその言い訳はないかと思い直し、黙っていた。

「それならさ、池とか亀とかいうのも、チカくんたちと何か関係があるのかな」

「そうだな……」

確かに、記念というなら何かをかけていたり、あるいは願い事とかメッセージとかそういうものをこめるのも珍しいことではないだろう。

「日付的に山茶花がチカくんの記念ってことだよね。山茶花、さざんか、サザンカ、カッチカ……みたいな？」

俺の肩の上でぶつぶつと言う光介に、俺はゆっくり首をふった。いくらなんでもそれはこじつけだ。そう言うと、光介は「ええー」と頬を膨らませて俺の肩から下りると、トランプを引くように俺の手から写真を奪った。

「おい」

「でも、こういうのって案外ダジャレっていうかさ、語呂合わせみたいなことあるじゃない。そういえば、チカくんのお兄さんって何て名前？」

「名前？　上がリュウイチ、下がカズトシ……あ」

「え、何？　何かわかったの？」

「わかったと思う、が……」

これが本当ならとんでもないダジャレだ。

「何？　もったいぶってないで教えてよ」

「二番目の兄はカズトシだが、字は万年と書くんだ。千年、万年の万年」

「万年？　あっ……ああ！　そういうことか！」

光介も俺の言わんとすることがわかったらしく、おかしそうに笑い声を上げた。俺は池を泳ぐ仔亀の写真を見ながら「はあ……」と息を吐く。

鶴は千年、亀は万年。つまり、そういうことだ。

「チカくんのおじいさんって、お茶目なところがあったんだねー」

笑いの中に器用に言葉を挟みこんで、光介が言った。俺も頷く。

いつだったか二番目の兄が、「カズトシ」という名前はいいが、漢字は兄のように読みやすい普通の漢字にして欲しかったとこぼしていたことを思い出した。いや、読みにくいだけならまだいい。

「よりにもよって『万年』なんて……センスなさ過ぎると思わないか？」

眉間にしわを寄せて言う兄に、俺は苦笑するしかなかった。同じく絶対に一度で読んでもらうことのできない名前を持つ俺も、名前に関して思うことがないわけでもなかったが、おそらくその字面からいろいろとからかわれた経験があるのであろう兄を前にしては何も言えなかった。

ちなみに、後になって知ったことだが、二番目の兄はとても小さく生まれ、医者から長くは生きられないと言われたことがあったらしい。それで長生きをして欲しいという願いをこめて「万年」と名付けたのだと。そんな親の願いが通じたものか、今では兄弟の中で一番体が大きい。

「じゃあ、リュウイチさんは？　どんな字？」

笑いの中で光介が言うのに、俺は池の写真を手に取りながら答えた。

「流れるに数字の一で、流一《りゅういち》だ」

「あ、それならわかる。だから『川であれば良かったが』なんだ」

「……どういうことだ？」

朗らかな笑顔で言う光介の隣で、俺は目をしかめる。

「だからさ、本当はきっと川を造りたかったんだよ。川は流れるからね。でも、さすがに庭に川を造るのは無理だったから池を作ったんじゃない？」

人差し指を立て、自慢げに胸を張りながら言う光介には多少苛立《いらだ》ったが、解説には「なるほど」と頷くしかなかった。

それにしても、俺の祖父というのは意外に面白いことを考える人間だったらしい。こんなことなら生きている時にもっと話しておけば良かったと、ふと思う。

「だけど……」

光介は池と亀の写真をテーブルに置くと、山茶花の写真だけを手に持ってじっと眺めた。

「肝心の、チカくんの山茶花の意味がわからないね。ていうか、カツチカってどう書くんだっけ？」

「お前な……」

俺はどっと肩の力が抜けるのを感じながらも、テレビボードの引き出しからペンを取り出し、付箋の端に「克哉」と書いてみせる。しかし、いくら頭を突き合わせて俺の名前を見ても「山茶花」との繋《つな》がりがわかるものではなかった。

「『家内のおかげ』ということは、ばあさんがヒントなのか？」

「チカくんってミステリーが得意なんでしょ。わからないの？」

「書くのは得意だが、解くのは専門外だ」

「またそういう屁理屈を言う～」

「自己主張だ」

俺は光介の手から写真を取り戻しテーブルにきっちりと三枚並べて置くと、ソファから立ち上がり、上から見下ろしてみる。

「何やってんの？」

「視点を変えてみれば何かわかるかと思ってな」

「それ、そういうことなの？」

言いながらも、光介も立ち上がり、二人並んで写真を見下ろす。エアコンの風が頭に直接当たってくる。ゴウゴウと音が大きくなったのは、部屋の温度が上がりでもしたのだろうか。

立ったり座ったり、あるいは写真を持ち上げて寝転んでみたり。しかし、結局何もわからないまま、時間とエアコンの風だけが頭上を通り過ぎて行った。

＊

その夜、シフトの入っていない光介は、池の掃除で疲れたのか早々に眠りこんでしまった。俺は少し仕事をしようと思っていたのだが、リビングからは慧と莉子の話す声がまだ聞こえてきているし、寝ている光介の横でキーボードをカチャカチャと打つのは気が引ける。

俺は小さく息を吐くと、既に立ち上げていたパソコンの電源を切った。どうせまだ何も考えはまとまっていない。このままパソコンと向かい合ったところで、原稿も頭も真っ白なまま何時間も過ごしてしまいそうだ。思い切って気分転換をしてみるのも悪くない。

部屋に置いてあるテレビにヘッドホンを接続し、DVDプレイヤーのトレイを開けた。ウィンと微かな音を立てて飛び出してきたトレイの真ん中に空いた穴から、毛羽立ち始めている畳が見える。

(何を見るか)

DVDを並べている棚の前にしゃがみこみ、端から視線を滑らせる。職業柄、数だけは揃っている。

ホームドラマもあるが、今これを見ると内容に引きずられてかえっておかしなことになりそうだし、そもそも気持ちが仕事になってしまって気分転換どころではなくなりそうだ。地球が滅びるパニックものか、爽やかな友情を描くロードムービーか、あるいは光と闇の魔法使いが戦うファンタジーか。

(あまり頭を使わないで観ることができる……)

それでいて爽快な気分になれるような。

俺は、海賊が宝を求めて大海原を進むアクション・ファンタジーのディスクを、プレイヤーに入れた。

ヘッドホンを付け、再生ボタンを押すと、耳元に壮大な音楽が現れた。画面には薄暗い海中の様子が映し出される。不安と期待の両方を与えるような導入部分。それが終わると、不意に男と子供の映像が現れた。どこかの海辺で漁師をしている父親と娘らしい。薄汚れてボロボロの服を着ているが、二人で笑い合い、楽しそうに魚を捕っている。

ふと、祖父と母親のことを思い出した。

母親は祖父とあまり良い関係ではなかった。祖母とは時々電話で話していたようだが、祖父に直接連絡をしているのは見たことないし、珍しく帰省した時でさえ、お互いに視線を逸《そ》らせてばかりだった。

一応、子供、つまり俺たちの前ではあまり仲の悪いところを見せないように気を付けていたようだったが、無意識のうちから滲《にじ》み出る微妙な緊張感はとても隠せるものではなかった。そしてその微妙な緊張感は、この家から母親だけではなく、兄たちの足も遠のかせていった。

(折り合いの良くない娘に、会うことすらままならない孫。じいさんやばあさんの目に、母親や俺たちのことはどういうふうに写っていたのだろうか……)

俺にしても母親や兄たちに比べれば訪ねる頻度が多かったというだけで、特別に祖父母に対して優しかったわけでもないし、仕事を始めてからは忙しさにかまけて会うことも少なくなった。

(会うことも、連絡すらほとんど取らない相手を想って……何の意味があるんだ。それこそ家族ではなかったらあっという間に忘れる。その程度の存在だ)

家族。考えれば考えるほどわからなくなる。

突然ヘッドホンからボリュームの上がった音楽が流れてきた。思わず背筋を伸ばし、テレビ画面を見る。つい考えにふけっているうち、ストーリーはどんどん進んでいたらしい。どういう流れでここまで来たのか、真っ暗な嵐の中、海賊らしい男とドレスを着た女が一人、小さなボロ船で海を渡っているところだった。いや、渡っているというより、翻弄されているといったほうがいいだろう。しかし男と女は必死に船を操り、嵐を乗り切ろうとしている。

(あんなふうに波に逆らったところで人力じゃ無理だろうに……)

ついそんな冷めたことを思ってから苦笑する。こんなことを光介が知ったら、「また夢のないことを」と笑われるに違いない。

だが、と思う。もし、本当にあんな荒々しい暴力的な嵐の海に、今にも沈みそうなボロ船で放り出されたとしたら、自分はどうするだろう。

逆らったところで無理とあきらめるか、無理とわかりながらも逆らうか。

(……逆らうか、な)

呆れたような笑いが漏れた。生きるか死ぬかという場面で生き残りたいと望むなら、それこそ死ぬ気でもがける。そこにはたぶん理屈はなくて、先のことも後のことも考えず、その場で感じたことや思ったことだけで進んで行くのだ。

そこまで考えて、俺はガシガシと頭をかいた。

どんな会話の流れだったが、光介に「チカくんは考え過ぎだよ」と言われたことがある。まったく、そのとおりだ。

俺はヘッドホンを外すと、スマホを手に取った。連絡先一覧から「母」を探して、タップする。登録されているのは電話番号とメールアドレスだけだ。電話番号をタップすれば、後は通話ボタンを押すだけ……。

布団のこすれる音がして、俺はハッとスマホから目を離した。ふり返るとさっきまで仰向けだった光介が背を向けている。規則正しい寝息が、静かな部屋に響く。

(……明日、誰もいない時にしよう)

少しだけホッとした気分で、俺はスマホを充電器に繋ぎ直した。画面の中では、嵐を抜けた男女が、白い砂浜の上で抱き合っていた。

*

翌日は、あれほど暑かった空気に少しだけ涼気が混じり、ほんの少しだが秋の匂いを感じさせた。

慧はいつもどおり仕事、莉子はいつもより遅いシフトだと言っていたが、それまで「サラセニア」で過ごすと言って出て行った。光介はといえば、

「ホームセンター行ってくる」

と、言って出て行った。

「さざんか」から一番近いホームセンターまでは、車で四十分くらいだ。もっとも「さざんか」には車がないから、行きはバスを乗り継ぎ、帰りはホームセンターで貸し出している軽トラを借りて帰ってくることになる。遠出というほどではないが、夕方からバイトがあると言っていたのにそんな疲れることをしていいのかと言ったら、「またそんなおじさんっぽいこと言う」と笑われた。

とにかく、家には俺以外誰もいなくなった。

俺は部屋の障子を全部締め切り、エアコンの温度をいつもより少し下げ、スマホを片手にドンと部屋の中央であぐらをかいた。スマホの画面には「母」の文字と電話番号。フウッと強く息を吐いてから、通話ボタンを押す。数秒の呼び出し音。それから……。

「もしもし?」

母親の声が耳を衝いた。

「俺だけど」

咄嗟にそんなことを言うと、電話の向こうから呆れたように息を吐く音が聞こえてきた。

「そんなオレオレ詐欺みたいな言い方しないでもわかるわよ。番号だって登録しているんだから」

電話をするのはずいぶん久しぶりだというのに、嫌味っぽい口調は全く変わっていない。このまま通話を切ってしまいたい衝動に駆られたが、どうにか堪《こら》えて「聞きたいことがある」と告げた。

「何？　珍しいわね」

からかいを含むような言葉に、俺は舌打ちしたいのをどうにか堪え、庭の池や亀、山茶花のこと、見つけた写真やメモ、池や亀のことはどうやら兄たちの記念らしいとわかったが、山茶花の意味だけがわからないことなどを、できるだけ余計な部分を省き、手早く告げた。

「それで、オーナ……おふくろなら何か知っているんじゃないかと思ったんだけど」

「ああそのこと。ええ、知ってるわよ」

あっさりと返ってきた言葉に、俺は思わず身を乗り出した。だが、電話の向こうの母親の声は、俺の期待とは裏腹に面倒くさそうな響きを隠してもいなかった。

「流一が生まれた時、どうしても記念になるものを作るって言い出してね。その時はさすがのあの人も孫の誕生は嬉《うれ》しいんだと思ってちょっと嬉しかったのに……庭に池を掘り始めるんだから驚いたわよ」

俺は期待している答えが返ってこないことで少々苛立っていたが、ふと、母親から見た祖父はどんな人物だったのだろうかと思った。

堅物で愛想がないと思っていた祖父が、ダジャレみたいな孫誕生記念の庭を作っていた。それは俺の知らない一面だったのだから、母親からしか見えない祖父の一面みたいなものもあるかもしれない。

「じいさんって、どんな人だったわけ」

母親は、少し声音を高くして「そうね」と言うと、何かを考えるように黙りこむ。ややあって、

「娘の私から言わせてもらうなら良い父親とは言えなかったわね」

一息に言うと、また黙りこむ。俺も黙って母親の次の言葉を待った。すると、何かガタガタと音がした。椅子を持ってきて、座り直しでもしているのだろうか。やや間があった後、再び母親は話し出した。その口調は、少しだけ緩やかになっている。

「いつも仕事仕事で、たまに帰ってきたと思ったら疲れた顔をしていて、会話なんてろくになかった。いつもお父さんに気を遣っているお母さんの姿を見ていたら、何で私の父親はこうなのって思っていたわよ」

「でも、仕事だったんだろう」

「そうね、私も今ならそう思える部分もないことはないわね。でも、だからこそわかったの。私が嫌だったのは、お父さんの心がどこに向いているのか、それがわからなかったこと」

電話の向こうで息を吸う音が聞こえた。言葉が途切れる。何か言うべきかどうか迷ったが、とりあえず黙って次の言葉を待つことにした。

（心がどこを向いているのかわからなかった、か……）

漠然とだが、言っていることはわかるような気がした。仕事が忙しくてなかなか子供と触れ合えない父親というのは、どんなに世の中が変わったとしても存在し続けるだろう。では、その父親が全て子供との関係を悪化させるのかといえば、そんなことはないはずだ。そこに何か違いがあるのだとすれば、母親の言う「心の向き」なのかもしれない。

「お父さん、必ずおいしかったって言ってたのよ」

「え、何？」

つい考えこんでいた俺は、慌てて電話の向こうの母親に意識を戻す。

「ご飯を食べたらね、お母さんに必ず『おいしかった』って。普通のことだけど、あれは、お父さんなりに私たちへ心を向けていてくれたってことなのかしらね……」

その時、玄関の方から足音が聞こえてきた。「ただいまあ」と間延びした光介の声が聞こえてきて、俺は思わず腰を浮かせた。電話を切るべきか、いや、別に隠す必要はないのだから切る必要はないのか。一瞬にしてそんな考えが頭の中を巡る。

「ルームメイト？　声が聞こえたけど」

「あ、ああ」

腰を浮かせたまま慌てて答えると、電話の向こうからもガタガタと椅子から立ち上がる音がした。

「そう。じゃあもう電話切ったほうがいいわね。あんたは私とルームメイトを会わせたくないみたいだし」

早口に言った。せっかく緩やかになっていた母親の口調はあっという間にスピードが上がり、みるみるうちに最初の嫌味っぽいそれに戻っていく。「そんなことない」と俺が言っても、母親は「どうだか」と鼻で笑ってくる。

「私がそっちへ行こうとするといつも嫌がるじゃない。まあ、いいわ。それより克哉も気を付けなさいよ」

「何を――」

その時、廊下に面した襖《ふすま》が細く空いた。隙間から光介の姿がちらりと見えたが、襖はすぐに閉じられた。俺が電話中だということに気が付いて、入るのをやめてくれたのだろう。

俺は少し焦《じ》れた気持ちになって、電話を耳に当てたまま立ち上がった。

「あんたは子供の頃から言葉にするのが苦手だったわね。別に悪いことじゃないけど、もしもそれが誰かに伝えたいと思っている言葉なら、それはその伝えたい相手と一緒に育てなさい」

「育てる?」

「少なくとも、自分の気持ちがどこを向いているのかだけは伝えなさいということよ。じゃあね、たまにはこっちに帰ってきなさいよ」

「あっ、ちょっと待って」

一方的に切られそうな雰囲気に、俺は慌てて待ったをかける。肝心の用件がまだ済んでいないではないか。

「山茶花の話だけど」

「ああ、それなら花言葉よ」

「花言葉……」

「山茶花の花言葉は『困難に打ち克《か》つ』。克哉の字でしょう」

それだけ言うと、母親はあっさり通話を切ってしまった。こちらから一方的に切ったことは何度もあるのに、反対にやられるとイラッとするなんて我ながら勝手なものだ。

俺はスマホを充電器に繋ぎ直しながら、「とにかく」と気持ちを切り替えた。

知りたかったことを知ることはできた。無意識のうちに緊張していたのかストンと肩が落ちる。と……。

「チカくーん、電話終わった?」

襖の向こうから声が聞こえた。襖を開けていないのにどうしてこんな良いタイミングで声をかけることができるのか。不思議に思いつつも、俺は「ああ」と答えて襖を開けた。

「なるほど、花言葉ね～」

池の底にしゃがみこんだ光介が納得した声を上げる。どこから持ち出してきたのか、巨大な麦わら帽子を被った光介は、後ろから見るとその辺りの畑で農作業をしている老人と同じ格好だ。俺は縁側にブルーシートを広げながら答える。

「だから『探すのに苦労した』とか『家内のおかげ』とか書かれていたんだろう。じいさんは花言葉なんてジャンル、思い付きもしなかったんだろうさ」

「おばあちゃんが教えてくれたってことだね。あ、チカくん、ここもコンクリひび割れてる」

「ああ、ずっと雨ざらしだったからな……まあ、これだけ補修材があれば何とかなるんじゃないか?」

俺は広げたばかりのブルーシートに、次々とコンクリートの補修材を並べた。補修材だけではない。レンガに薄い石板の端材、モルタル、発泡スチロール。水色のペンキやビー玉までホームセンターの袋から出てきた時には、光介の買い物感覚を本気で心配したくなった。

三十分程前、ホームセンターから帰ってきた光介は、呆れるほど本格的な池作りの道具を買ってきた。一体いくらしたのだという心配が頭を過《よ》ぎったが、出かかったそれはどうにか腹に押し戻した。

「発泡スチロールとかビー玉は何に使うつもりなんだ?」

「飾りとか? 水槽とかじゃ発砲スチロールを削って岩とか山とか作るらしいよ」

「池は水槽と違うんじゃないか……?」

そうは言っても池なんてどうやって造るのかさっぱりわからないから、俺もそれ以上ツッコむのはやめた。

調べてみてわかったことだが、庭の池は地面に穴を掘った後に石を敷き詰め、さらにコンクリートで固めて作ってあるらしかった。排水機能も何もない、水を溜めるだけの作り。言ってみれば巨大な水たまりのような池だ。

祖父が一人で造った時は、今みたいに手の中の小さな機械でパッと検索することなんかできなかったのだろうから、きっと作り方を調べるだけでも時間がかかっただろう。シンプルになるのも無理はない。

だが、シンプルだからこそ、俺たちのやることはそれほど難しくなかった。ひび割れたコンクリートを補修すればいいだけだ。

(……やっぱり補修材以外、いらないいんじゃないか?)

池の中で補修材を片手にコンクリと格闘する光介を横目に、スマホで池の造り方を検索していた俺はもう一度そう思ったが、とにかくそれは口に出さず、スマホの画面をスクロールする。

「むしろ土とか草とか、自動排水ポンプもいるかもな」

「え、何?」

ひび割れに覆いかぶさるようにしながら作業をしている光介は、顔も上げずに言った。

補修材のパッケージには「かんたん修理!」なんて赤文字が躍っていたが、案外難しいのだろうか。

「この池、要するにろ過装置やポンプの付いていない巨大な水槽みたいなものだろう。生き物を飼うとしたら、そういうのを揃えたほうが良さそうだ。土を入れて水草を入れて、たまに水を換えるとしたら自動排水できるポンプもあったほうが便利そうだし……何だ？」

気が付いたら、光介が顔を上げてこちらを見ていた。目と口を丸くして驚いたような顔をしていたのに、不意に目を細め、両方の口角をニュッと上げる。

「何だよ？」

眉をひそめて睨《にら》み付けても、光介はニヤニヤ笑いをやめない。

「いやあ、何かチカくんもやる気出てきたなって。池造りに興味出てきたの？」

「それは……」

思わずスマホの画面を消して、ポケットに突っこむ。「何でしまうのさ」と口を尖らせる光介から逃げるように、俺は空を見上げた。

絵の具に水を混ぜたような薄い青空に、刷毛《はけ》ではいたような白い雲が広がる。暑い暑いと思っていたが、空は案外、秋の姿だ。その空の下で、風に吹かれた庭がサワサワと音を立てる。

「家族というものが何なのか、ずっと考えていたが……」

「うん？」

光介が不意を衝かれたように首を傾げる。無理もない。自分だって唐突な言葉を言ったと思う。だが、俺は続けた。

「急に思ったんだ。家族とは、庭のようだなと」

「庭？」

「池や亀や山茶花や、その他にも花やら雑草やらいろいろ姿形の違うものがあるが、根を延ばしている土は全部同じだろう。根本的な部分が同じというか……ああ、うまく言えないが」

自分の中でもはっきりと形になっていないことを言葉にするのは難しい。だからこそ、俺はじっと考える癖がついた。歯切れの悪い自分を誰かに見せるのが嫌だったし、恥ずかしかった。だから今、こんなことを口走っている自分に少しだけ驚く。だが、光介は、

「あ、わかるかも」

と、笑った。今度は俺が不意を衝かれた気分で、光介に顔を向けた。光介の顔は、ずっと池の中にしゃがみこんでいたせいか、汗と砂埃で薄汚れていた。だが、そんな汚れをかき消すような笑顔を、俺に向ける。

「同じ土で、同じ風とか光とか受けて育つのに、草も花も樹も全部違う形になる。これって同じ家で暮らす家族に似ているのかもしれないね」

自分がうまく言えなかったことを光介があっさりとまとめたのに、俺はついぽかんと口を開けた。ふと、母親の言っていた「一緒に育てなさい」という言葉が蘇る。

（こういうことなのか……？）

俺がうまく言葉にできないことを受け止め、あっさりと言葉に変えてくれる。俺ができないことを光介が、反対に光介ができないことを俺がやる。

（言葉にすると、当たり前のことのようにも思えるが……）

その当たり前は、実はとてもすごいことなのではないだろうか。

「何？　何かニヤニヤしてるよ」

言われて、俺はハッと口に手を当てる。ごまかすように眉をひそめ、縁側に広げたブルーシートに駆け戻る。そこに置いてある新しい補修材を一つ手に取ると、すぐに戻って池へ飛び降りた。

「俺もやろう」

言うと、光介はにっこりと笑った。

陽《ひ》はまだ高い。もう少し、作業を続けることができそうだ。

＊

久しぶりにエアコンはいらないと思ういい陽気で、窓を目いっぱいに開ければ心地良い温もりの光と風が入ってくる。

しかし、せっかくそんないい日よりだというのに、俺と光介はリビングのソファに並んで転がっていた。全身が筋肉痛なのだ。

「昨日、張り切り過ぎたねー」

「張り切り過ぎて、お前はバイトをサボるところだったしな」

「でも、ちゃんと行ったでしょ。ギリギリだったけど……」

そんな会話も、いつもより力が入らない。筋肉痛だけではない。慣れないことをしたせいか全身が重く、動かすたびにため息が出る。

「いやあ、池造りって案外重労働なんだね。僕、チカくんのおじいちゃんを尊敬する」

「確かに」

俺は体を起こしながら頷いた。しかも祖父はたった一人、ゼロから造ったのだから俺たちの労働の比じゃないだろう。そう思うと今の自分たちが少し情けないような気もするが、祖父はおそらく二、三ヵ月をかけたのに対し、こちらは半日程度で一気にやったのだからおあいこだ。

「でも、おかげでほとんどできたな。後は土と水草を買ってきて……」

「亀を飼ったら元どおりだね！」

弾むような声で言う光介に、俺は小さく笑った。背もたれに背中も首も頭も沈めるような格好の光介。背もたれに回していた俺の腕に、光介のふわふわと跳ねる髪が当たる。

ふと、俺はどうしてあんなにも、一緒に暮らすことを拒んでいたのだろうと思った。

ここに引っ越してきて既に二年半程度。周りから何かを言われたことは一度もない。それは俺たちが「偽装カップル」という看板を守り続けてきたからだろうが、それを差し引いても、何かを詮索してきたり、家に上がりこもうとしてきたりする人間はいなかった。

案外、その程度のものなのかもしれない、周りの目というのは。良くも悪くも。

(もし今、二人で暮らそうと言われたら……)

俺はどうするだろう。そんなことを思った時、

「何かだらしないわねぇ」

呆れたような声が飛んできた。見ると、慧と莉子がリビングに入ってきたところだった。

今日は水曜日。「サラセニア」は定休日だ。

「ねえ、ちょっといい?」

「何だ? 夕飯ならまだだぞ」

「違うわよ。ちょっと話があるの」

「話?」

ソファの背もたれから頭を上げた光介と顔を見合わせた俺は、慧にうながされるまま食卓へ移動した。

「お茶いれるね」

莉子がふわりと笑ってキッチンへ向かう。何となく、空気が緊張しているような気がした。開け放した窓の向こうから伝わってくる、通過する車の走行音と振動がいつも以上に大きく感じられる。

ややあって、莉子がお盆に四つの湯呑《ゆの》みを載せて戻ってきた。香ばしい茶葉の香りが鼻腔をくすぐる。玄米茶か。

「温かいお茶にしちゃったけど、良かった？」

「ああ」

「全然オッケー」

俺と光介が答えると、莉子はホッとしたような笑みを浮かべ、慧の隣に座った。慧と莉子、それに俺と光介。ホカホカと白い湯気の昇る四つの湯呑みを挟み、俺たちは向かい合った。

話がある、と言った割に、慧たちはなかなか話を切り出さなかった。とはいえ、俺たちから聞くのも気が引けるし、沈黙をごまかすためだけの話をする気にもならない。しばらくの間、俺たちの間には玄米茶をすする音だけが落ちていたが、とうとう慧が口火を切った。

「あのね、ええと……私たちね」

慧にしては珍しく歯切れが悪い。チラチラと莉子と視線を絡ませていたと思うと、意を決したように、大きく一つ、息を吐く。

「私たち……『さざんか』を出ようと思うの」

「え!?」

ガタンッと椅子が動く。光介が椅子の上で飛び上がった拍子に動いたらしい。俺は黙って次の言葉を待った。

「そうなると、偽装カップルも続けられなくなる。それでもいい？」

「いいって言われても……」

横顔に光介の視線を感じた俺は、お茶を一口飲んでから、まっすぐに慧を見た。

「最初から、順を追って話してくれないか」

「あ、そう。そうよね。どこから話せばいいかな」

「私たちが話していたことを……そのまま話せばいいんじゃないかな」

いつの間にか慧と莉子の手は、机の上で重なり合っていた。

「前に、生活を見直したいって話をしたことがあったでしょ？」

「ああ」

そんなことあった？　と光介が聞いてきたのに、俺は手早くいつか深夜に慧と交わした会話のことを説明した。話を聞いた光介が「深夜の密会か……」とわざとらしく低い声で言うのに、俺は後頭部をはたいてやった。しかし、それが空気を緩ませたのか、慧と莉子の顔から僅かに力が抜けるのがわかった。

「その密会の時にも言ったけど」

慧がわざと言うと、莉子も小さく笑う。

「私もいろいろ考えて……これから先ずっとリコと一緒にいるためにも、嘘の歪みを解消したいって思ったの。だから……両親に全部打ち明けて、リコのことも紹介するつもり」

「リコちゃんは……それでいいの？」

「うん」

光介の問いに、莉子はしっかりと頷いた。その表情はどこか晴れ晴れしい。

「私、自分のことを隠すだけで平穏に暮らせるなら、それでいいって思ってた。だけどね……いつも体のどこかが緊張しているの」

「緊張？」

「仕事の飲み会に行った時、知り合いと話している時……恋愛や結婚の話になるたびに身構える自分がいる。のらりくらりと話題をかわす方法だけどんどんうまくなって、本当の私がどこかに置き去りにされていく感じがするの」

俺はゆっくりと頷いた。莉子の言っていることは理解できた。全てをひっくり返してぶちまけてしまいたい気持ちと、ぶちまけた後のことを考えて二の足を踏んでしまう気持ち。矛盾しているのにどちらも本心なのだ。

「……私、やっぱり家族のことを心のどこかで引きずってた。嫌だ嫌だと思いながら、家族なんだからいつかきっとわかってくれるって。今も、まったくその気持ちがないわけじゃない……と思う。でも、慧ちゃんと出会って、『さざんか』で暮らすようになって、私には私の世界があるんだって思うようになった。家族は家族だけど、私は私。私は私の世界で、ちゃんと生きてみたい」

莉子の声は、いつになく力強かった。小さな声であることはいつもと変わりないのに、言葉の一つ一つが、足元を確認して前へ進むように慎重で、しっかりとしている。そんな莉子の声に包まれて、俺たちはしばし、黙りこんだ。慧の手が、莉子の手を強く握るのが見えた。

「それでね。私たち、パートナーシップ制度を利用しようと思ってるの」

「えっ……」

再び光介が驚きの声を上げる。俺も思わず目を開く。腕を組み、椅子に座り直す。机の上でしっかり手を繋いだ慧と莉子は、まっすぐに俺たちへ顔を向けていた。

「堂々とするの、これからは。結婚とは違うけど、私たちが前に進むためにも、まずは形を大事にしようってことになったのよ」

きっぱりと力強く言う慧の隣で、莉子も大きくしっかりと頷く。俺は組んでいた腕を解くと、膝の上に乗せる。拳をグッと握りしめる。

パートナーシップ制度は、同性カップルを「婚姻に相当する関係」と認める制度のことだ。ただ、申請するには制度を導入している区や市に在住していなければいけないことが多い。俺たちのいる地域では……まだ、この制度はない。

「だからここを出なきゃいけないんだね……うん、でも良かったじゃん！」

しかし、そんな前向きな言葉とは裏腹に、光介の顔は今にも泣きそうに歪んでいた。それでも笑おうとしているのか、唇を噛みしめたまま眉毛はハの字と、おかしな顔になっていた。

最初は少し心配で光介をふり返ったのに、その顔を見た途端、俺は思わず吹き出してしまった。真剣な目を向けていた慧と莉子も光介の顔に気が付いた瞬間、肩が飛び上がるのがわかった。

遠慮なく爆笑する慧に、遠慮して口に手を当て笑う莉子。声を上げずに笑いたいがそうできていない俺。三人の笑いが重なり、部屋を揺らす。

「え？　え？　何で笑ってるの、三人とも」

当の光介だけは状況を理解できていないらしく、きょとんと目を丸くしている。

俺たちはしばらく笑い続けた。何かをごまかすように……。

それからの話し合いはスムーズに決まった。慧と莉子が一番気にしていたのは、やはり俺のことだった。

「私たちが出て行ったら、チカはコウと二人きりになるわけじゃない？　だから……」

慧が言うのに、莉子も、そして光介も、心配そうな目を俺に向けてきた。三人の視線を一度に浴びてさすがに居心地が悪かったが、俺はゆっくりと首を横に振った。

確かに、少し前の俺だったら、即座に「困る」と言ったかもしれない。慧たちが出て行くのを引き止めるか、あるいは慧たちが出て行った後に再び一人暮らしをするように光介に迫ったかもしれない。

だが、今はそのどちらも望んではいない。俺はただ……。

「慧と莉子が引っ越したら、二階は光介の部屋にすればいい」

「え、じゃあ……」

「男二人のルームシェアくらい、珍しいことじゃないだろう」

「へええ……!」

三人の驚きの呼吸がぴったりと揃った。既に集まっていた六つの視線がさらに食い入るように鋭くなって、俺は思わず湯呑みに残っていたお茶を一気に飲み干した。底に溜まっていた茶葉のカスが流れこんできて、口の中が苦くなる。

「意外な一面、というだろ」

「は?」

俺の唐突な言葉に、光介が遠慮のないしかめ面を向けてくる。俺は口の中の苦みを消そうと舌をぐるぐる動かしながら、次の言葉を探る。

「慧の親父さんも、そうだ。ヒーローショーのボランティアなんて、慧の知らない一面だっただろう」

「え? ええまあ、そうね」

「じいさんのことも、そうだ。愛想が悪くて堅物だと思っていたじいさんがダジャレみたいな庭を造ったり……考えてみれば当たり前のことだが、人にはいろいろな側面がある。他人が知っているのは、そのうちのほんのいくつかだけかもしれない」

つい湯呑みを口に運んでから、中が空っぽであることを思い出した。僅かな気恥ずかしさを感じながら、代わりにテーブルに置き直した湯呑みを両手で包みこむ。

「つまり、何が言いたいかというと、自分が考えている以上に、世間には俺たちのことを受け入れてくれる人間もいるのかもしれない、ということだ。だから……二人も、頑張れ」

ふと顔を上げると、目を丸くした慧と莉子の顔が目に飛びこんできた。

泣いているような笑っているような顔。二人は何も言わなかったが、その顔からは期待とか不安とか、喜びとか切なさとか、驚きとか感謝とか……そんなものがぐちゃぐちゃに混ざり合っている気持ちが伝わってくるようだった。

だが、それはそれとして、時間が経ってくるとなんて恥ずかしいことを言ってしまったのかと思えてきた。

「とにかくそういうことだから、俺たちのことは気にしなくていい。慧と莉子は好きなようにやってくれ。お茶のおかわり、いるやつは？」

早口に言うと、俺は急いで席を立った。とりあえず自分の湯呑みだけを持ちキッチンへ逃げる。それでも三人の視線が追いかけてくるのがわかったが、俺は知らないフリをして電気ケトルに水を入れる。

「嬉しいなー」

光介の声が聞こえた。両手を挙げて喜ぶような声でも、遠慮がちに笑うような声でもなく、普通の会話をするような普通の声だったが、なぜかひどく胸が揺れた。

心の奥の一番柔らかいところをくすぐられたような感覚。鼻の奥がツンと痛くなった。

俺は慌てて目頭を押さえると、ケトルのスイッチを押すフリをして顔を伏せた。

「そういえば池に水を溜めてるの？」

お茶のおかわりをすすりながら慧が言うのに、光介が身を乗り出した。

「そうそう！　あれはまだ水漏れしないかチェックしているだけなんだけどね、これから土を入れて水草も入れて、ちゃんとした池にするんだよ」

「へえ、すごい」

莉子が言うのに「でしょでしょ！」と元気に答える光介。その様子を見ていると、さっきの感動が勘違いだったような気がしてきて、俺は黙ってお茶をすすっていた。

「じゃあ、今日は庭でバーベキューしない？　池の復活記念に」

慧の言葉に俺は顔を上げ、眉をひそめた。

「まだ復活してないぞ。やることが残ってるし」

「じゃあ前祝いでもいいわよ」

「いや、そういう問題じゃ……」

「あ、ねえねえ。バーベキューするなら、終わった後に花火もしない？　前にみんなでやろうと思って買っておいたけど、そのままになってたの」

「あっ、楽しそう！」

「バーベキューに花火って……夏はもう終わりだぞ」

「だから、今しかないってことでしょう?」

畳みかけられるような会話に、俺はすっかり取り残されてしまった。何も言えずにいる間に光介が「決まりね!」と叫び、慧と莉子もガタガタと椅子から立ち上がり始める。俺は慌てて湯呑みをテーブルに置くと、

「材料なんか、買ってないぞ」

と、自分でも情けない最後の抵抗をしたが……。

「あるものでいいのよ。今日は私も手伝うから」

いつになくはしゃいだ笑顔を見せる慧に言われ、俺は黙りこむしかなかった。あきらめてため息を吐く。そんな俺を見た光介は、ゲラゲラと遠慮のない笑い声を上げながら、

「じゃあ僕、バーベキューセット用意してくるね!」

リビングを飛び出して行った。ふと、バーベキューセットなんかあっただろうかと思ったが、そこは光介に任せておくことにして、俺は椅子の背にかけてあるエプロンを手に取った。

「さて……」

冷蔵庫の中には何があっただろうか。バーベキューにできて楽しく、おいしいメニューは? エプロンを被り、背中で紐を締める。食卓からキッチンまでの僅かな距離を移動する間に、頭の中で食材とレシピがいくつも浮かんでは消え、浮かんでは消える。そこへ、いつの間にかエプロン姿になっていた慧もキッチンに入ってきた。

「前から思っていたが、そのエプロン、店のじゃないか？」

深緑色のエプロンを指して言うと、

「だって、家用のエプロンなんて持ってないもの」

あっけらかんと言う慧に、俺は思わず目を開く。そう言われると、確かにそれはごく当たり前のことだった。なぜなら、慧が家でキッチンに立つことは滅多にないのだから。

「そういえば、慧と一緒に料理をするのも初めてだな」

「今日が最初で最後かしら。あーあ、でもここを出たらチカの料理も食べられなくなるわね。それだけは残念だわ」

冷凍庫から魚とあさりを取り出していると、手を洗っていた慧がほんの少しだけ弱くなった声で言った。冷凍庫を閉めた俺は、次に野菜室を開ける。

「飯くらい、いつでも食べにくればいいだろ」

しかし、返事はなかった。ブロッコリーと長いもを引っ張り出しふり返ると、慧はまだ手を洗っている。そんなに念入りに洗わなくてもと言おうとして、やめた。洗う手をじっと見つめている慧の目が、どこか潤んでいるように見えた。

庭に出ると、見事なバーベキューセットが置いてあって驚いた。

「どうしたんだ、これ？」

「え？　前から持ってたよ。でもなかなか使う機会がなくてねー」

ふと、縁側に転がっている巨大なダンボールが目に入り、俺は思わず唸った。前から部屋の片隅を占拠していた謎のダンボールが気になってはいたのだが、光介の持ち物だろうと思い何も言わなかった。まさかバーベキューセットが入っていたとは。

「よーし、今日は僕がバーベキュー奉行をするよ。チカくん、材料どんどん持ってきて！」

「……何か腹立つな」

「確かに」

「え、何で？」

俺と慧が言うのに光介は焦った顔で、半袖のくせに腕まくりをしていた手を止める。それを見て俺が思わず笑うと、隣で下ごしらえを済ませた材料を載せたお盆を抱えていた慧も笑う。さらにそれにつられたように莉子も笑った。

「な、何でみんなして笑うの？」

きょとんとした顔で言うのに、ますます笑い声が高くなる。笑い声の中で、いよいよバーベキューが始まった。

とりあえずは冷蔵庫にあった肉と野菜。牛肉はカレー用、豚肉は生姜《しようが》焼き用しかなかったが、今日のところはそれもご愛敬というものだろう。焼肉用のタレ、マヨネーズ、塩、柚子コショウも用意したから、それなりにおいしく食べられるはずだ。

だが、さすがにそれだけでは俺の気が済まない。まして今日は、仮にも飲食を生業にする慧とタッグを組んだ料理なのだ。

冷凍していた白身魚とあさりをホイルに入れて作るアクアパッツァ、コーン缶をバターと塩で炒《いた》めてコーンバター、長いもにチーズをかけて焼く長いものチーズ焼き、つまみ用に買っておいたモッツァレラチーズの真ん中をくり抜きアルミホイルで焼き、溶けたチーズに野菜をドリップして食べるチーズフォンデュ、豚バラとキムチで豚キムチ、味噌《みそ》焼きおにぎり……。

次々に飛び出してくる料理に、光介も莉子も歓声を上げた。

「家にあるものっていうか、むしろ普通のバーベキューより豪華だね」

「今日は慧がいたからな」

「いやいや、ほとんどチカの手柄でしょ。私は助手だったし」

「アクアパッツァ、めちゃうまだよ〜」

バーベキュー奉行をやるなんて言っていたくせに光介はすっかり食べるのに夢中で、結局、トングは俺が握りっぱなしだった。慧もひと仕事終えたとばかりにビールを飲んでいるし、莉子は焼きおにぎりを食べながらまだ何も泳いでいない池の中をじっと見つめている。

（みんな自由だな）

好き勝手に料理を取り、言いたいことを言い合う。それなのにどうしてか全員のピースがピタリとはまったかのように、この場は心地が良い。

「池ができたら、亀を飼うんでしょ？」

莉子が言うのに、肉と野菜を山盛りにした皿を持った光介が「そうだよ」と答える。池ができたら亀を飼う。祖父が飼っていたのは確かミシシッピアカミミガメ、いわゆるミドリガメだったと思うが、あれは今、川や池に放流されて問題になっている外来生物らしい。新しく飼うことはできるのだろうか？

「亀の前に、水草を入れないと」

俺が言うと、光介も「うんうん」と頷いた。

何で水草を入れるのかと尋ねる慧に、俺は循環を作るためだと答えた。水草が育ち、酸素を吐き出し、生き物が棲《す》み、生き物の出す排泄物《はいせつぶつ》が土に還り水草を育てる。

俺の話に、慧と莉子、それになぜか光介まで「へえ」と感心の声を上げた。光介のやつ、土と水草を入れる意味をわかっていなかったらしい。

バーベキューが終わると、莉子が部屋から花火を持ってきた。大袋に入った花火を好きに選ぶ。だが、選ぶと言ってもどれがどういう花火なんてわからないから、俺は唯一想像のできる線香花火を選んだ。すると、周りから悲鳴が上がる。

「ちょっとチカくん！　線香花火は最後だよ！」

「別に……そんな決まりはないだろ？」

「あるよ！　大ありだよ！」

けたたましく言われ、つい助けを求めるように慧と莉子を見たのだが、二人までもが目を細めて俺をじとりと睨み付けているではないか。

「チカって意外と非常識だったんだ」

「本当だね」

「いーや、非常識以前に人としておかしいね！」

「おい、そこまで言うことないだろう……」

三人分の集中砲火を受け、さすがに線香花火を持ち上げていた手が止まる。線香花火というのはここまで人にこだわりを持たせるものだったのか……。

とにかく俺は線香花火を置き、別の花火を手に取った。

何も考えずに隣にあったものを取ったから、手に取ってようやくそれが花火としては変な形をしていることに気が付いた。少し不思議に思わなくはなかったが、どれを取ったとしても家庭用の花火だ。そこまで大きな違いはないだろう。

そんなことを思っていたから、この時の俺は、光介たちが互いに視線を絡ませ、ニヤリと笑っていることに気が付かなかったのだ。

俺が手に取ったのは、黒い錠剤薬のような形をしたもので、どこに火を点《つ》けるのかもわからなかった。手に取ったもののどうしたらいいかわからないまま縁側に座っていると、前から光介の手が伸びてきて、ひょいと花火を取り上げた。

「こうやるんだよ」

光介は悪戯っぽい笑みを浮かべると、縁石の上に花火を置き、ライターで火を点けた。

ウネッ……と、文字で表現するならそんな感じだろうか。

黒い錠剤のようだと思っていた花火は、火を点けた途端、煙を出しながらウネッウネッとうごめきながら上へ伸び始めた。ナマコが地面から生えてきているような、何とも形容しがたい花火だ。いや、そもそもこれは花火なのだろうか?

「チカくん、すごい顔しているよ」

「は?」

顔を上げると、いつの間にか慧と莉子もやってきていて、笑いを堪えているのか口に手を当てて肩を揺らしていた。

「わかるよー。へび花火って、何か妙に集中して見ちゃうよね」

「へび花火というのか……」

ナマコではなかったか、などと我ながらおかしなことを考えながら、俺はもう一度、へび花火を見下ろした。二巻きほどに伸びた黒いへびは、だいぶ動きが鈍くなっている。煙も少なくなってきているし、そろそろ終わりなのかもしれない。

不意に、蚊取り線香のような匂いを嗅いだ気がした。そういえば昔、祖父母がよく縁側で蚊取り線香を焚《た》いていた。

(花火の……)

せいだろうか。この家の庭で花火なんてしたことはないはずなのに、昔の光景が頭の中に蘇っては消え、消えては蘇った。

懐かしいと思える思い出があるわけでもないのに、どうしようもなく懐かしい。懐かしいという気持ちはどこか切なくて、しかしホッと胸を撫で下ろすことができるような感じもする。

「ねえ、チカくん。こういう花火って何か懐かしくなるよね。僕たち、別にここで花火なんかしたことないのにさ」

いつの間にか新しい花火に火を点けていた光介が言ったのに、俺は思わず目を丸くした。よっぽど驚いた顔をしていたのか、光介が「どうしたの?」と聞いてくる。俺は「何でもない」と答えながら、袋に残っている花火に手を伸ばした。

大丈夫。これから先、二人でもうまくやっていけるだろう。相手が光介なら。

＊

季節はある時、いきなり壁を飛び越えたように変わる。

あれほど暑かった空気はどこへ行ったものか、風は冷たく、冬の匂いが町を包むようになった。灰色がかかった空は、本格的な冬がすぐそこにいるよと言っているようだ。

そんな中、庭の山茶花が咲いた。

「見るのは初めてじゃないけど、やっぱりきれいだねー」

ジャージに軍手、首にタオルという格好の光介が、額の汗をぬぐいながら言う。その顔は土だらけだ。俺は笑いたいのを我慢しながらタオルを投げて渡す。光介の首のタオルは、土の上に落として泥だらけだ。

池を修理して以来、庭造りにハマったのは俺のほうだった。といっても素人のやること。何をするにも時間がかかってしまう。きっと祖父も、

（こんな感じだったのかもしれない）

と、思う。池の写真に書かれていた、兄の誕生年と月からはずれた日付。今さらながらあれを書いた祖父の気持ちが少しわかった気がする。

そして、たった一人で造りあげた庭を縁側から眺めていた祖父の気持ちも。

ふと、庭が出来たら、母親に見に来ないか言ってみようかと思った。娘と良好な関係を築けなかったことに対する後悔か、それとも罪滅ぼしか。少なくとも祖父は、庭を造りながら娘である母親や、孫の俺たちのことを想《おも》ってくれていたはずだ。この庭は、祖父の不器用過ぎる愛情表現だったのではないか……。

もちろん、全ては俺の想像に過ぎないが。

「ねえ、チカくん。亀はいつ飼うの？」

「春になったらだな」

池は少し前に土も水草も入れて完成していたが、亀はまだ飼っていなかった。亀というのは外で飼うと冬眠してしまうらしいから、暖かくなってからのほうが良いと思ったのだ。代わりに浮草という水面に浮かぶ水草を入れてみたのだが、あっという間に枯れてしまった。こちらもまだまだ勉強が必要そうだ。

今は、山茶花の隣に小さな花壇を作っている。前に光介が買ってきたレンガとモルタルを組み、ぐるりと四角いフレームを作った。やること自体はそれほど難しくなかったが、なかなか地道な作業だ。だが、それもやっと終わり、今日は土を入れている。土が完成すれば、後は種をまくだけだ。

「そういえばさ、前に言ってたホームドラマ。あれ、どうなったの？」

ホームセンターで買ってきた腐葉土を花壇に入れながら、光介が思い出したように言った。俺はどんどん山となっていく土をスコップでならしながら「ああ」と頷く。

「とっくに脚本にしたぞ。来年の春に放送だ」

「えっ、そうなの？　いつの間に……で、どんな話？」

「庭のある家で暮らすわけあり家族の話。表面的には平穏な家族だが、全員が全員それぞれ秘密を持っている。その秘密が、一つ、また一つとバレていくのを、庭の池に棲む亀がじっと眺めている」

「え、ちょっとそれって、何か聞いたことのある感じなんだけど」

「よくある話だろ？」

つい小さく笑いながら顔を上げると、光介は少し驚いたように目を丸くした後で「そうだね」と笑った。

と、いきなり立ち上がったと思ったら、残り少なくなった腐葉土の袋を逆さまにしてバサバサと振り始めた。土が落ち、土煙が上がる。それが思い切り顔に当たって、俺は思わず声を上げた。

「何するんだ……！」

咳きこみながら抗議すると、光介は俺の渡したタオルで自分の顔を拭きながら笑う。

「いいじゃん、一緒に土まみれになろうよ」

「自分だけ顔を拭いておいて、何を言ってるんだ……」

ジャージの袖で拭った目を細め、光介を睨み付ける。だが、光介はそんなこと全く気にしない様子で、再び俺の隣にしゃがみこんだ。

「ねえ、ここは何を植える？」

俺は眉間にしわを寄せ、笑みを浮かべる光介を睨み付けていたのだが、睨んだところで光介には何の効果もないことがわかって、息を吐いた。

「もう種は買ってある」

「え、そうなの？　何て花？」

「レンゲソウ」

「レンゲソウ……て、どんな花だっけ？」

聞いておきながら、光介は俺の返事を待たずさっさと縁側に置いてあったスマホを取りに行った。サカサカと操作しているところを見ると、レンゲソウについて検索をしているのだろう。ややあって、「へえ～」なんて声が聞こえてきた。

構わずスコップで土を耕していると、跳ねるように戻ってきた光介がスマホを顔の前に突き出してきた。

「なんかかわいい花だね」

細い小さな花びらが、お椀《わん》のように重なり合った小さな花。花びらの先が濃い桃色に染まり、群生したらさぞ美しいだろうと思わせる。今時分に種をまけば、春頃には花が咲くらしい。

「でもさ、何かチカくんっぽくないね？　こういう花好きだったの？」

その問いに、俺は答えなかった。いや、答えることができなかった。なぜなら、ものすごく恥ずかしいことをしている自覚があるから。

もちろん光介がそんな俺の気持ちに気が付いているわけはないだろう。俺が返事をしないことを気にする様子もなく、池の岩に腰をかけ、スマホをいじり続けている。土いじりには飽きたのかもしれない。

俺は、光介がレンゲソウについて他のサイトも見ているのではないかと思うと気になったが、まさかスマホを取り上げるわけにもいかず、ひたすら土を耕し続けた。

「あ」

光介の声に、俺は内心で飛び上がった。ふり返らず、耳だけを光介に向ける。

「ねえ、チカくん。レンゲソウの花言葉って『心が和らぐ』っていうんだって。知ってた？」

「……ああ」

「ふうん。確かに、見てると癒されるような花だけど」

「……お前にぴったりだと思ったんだ」

「え？」

そろそろとふり返ると、驚いたように口を開けている光介と目が合った。気まずい。

別に、言わないままでいいと思っていた。祖父が俺の名前と花言葉を引っ掛けて山茶花を植えたのとは違い、レンゲソウの花言葉と光介は、俺の考えを伝えない限り繋がるものはない。こんな恥ずかしいこと、俺の中だけで秘めておけばいい。

だが、そこまで考えた時、ふと母親の言葉が脳裏に蘇った。

――自分の気持ちがどこを向いているのかだけは伝えなさい。

すると、自分でも驚くくらいするりと言葉が漏れてしまった。

不思議そうな目を向けてくる光介を前に、俺は腹を括《くく》った。ここまで言ったのなら言うしかない。うまく言葉にできる自信はないが、光介ならそんなうまくない俺の言葉をすくいとってくれるはずだ。

「俺は……お前といると心が和らぐ。だから、お前にぴったりだなと思ったんだ」

「え、え、何それ。そんなこと言うの、珍しいね？」

光介の顔がみるみるうちに赤くなっていく。立ったと思ったら座り、また立つ。スマホを持つ手をぐるぐると回すものだから池に落とさないか心配になる。そんな光介を見ているうち、俺まで顔が熱くなってきた。咄嗟にスコップを握り直すと、土にザクザクと突き立てた。

「それに、花もちょっと似てるだろう？　小さいところとか、花びらが上を向いているところとか」

「え、それって僕の癖っ毛のこと言ってる？」

「さあな」

「ちょっとチカくん！」

どん、と背中に衝撃が走る。光介が圧《の》し掛かってきたのだ。俺は土に顔を突っこむまいと、折り曲げた膝で胸を支え、ぐっと背中を反らす。

「でもさ、じゃあ、アレかな？」

ふと、囁《ささや》くような声が聞こえる。背中に伝わってくる光介の体温がいつもより高いような気がする。

「もしかして山茶花の横にわざわざ花壇を造ったのは、レンゲソウを植えるためなのかな？」

「……さあな」

俺はそれしか言わなかったが、光介は満足したように、さらに俺に体重を預けてきた。いくら俺の趣味が筋トレだからといって、成人の男一人に圧し掛かられては重い。押しのけてやろうと背中をさらに反らそうとした時、ふと、鼻先に白い花びらが飛んできた。潰されたまま目だけで追いかける。山茶花の花びらだった。

山茶花の花が咲くのは晩秋。レンゲソウは春。二つが同じ時期に花を咲かせることはないだろうが、それでもいつも隣にいる。それくらいでちょうどいい。花を咲かせるタイミングなんていつも一緒である必要はない。大切なのは、根っこの伸びる土が同じことだ。

「ありのままでいることが、幸せとは限らないと思っていたんだが」

「ああ、そんなこと言ってたね」

光介がさらりと肯定するのに、俺は僅かに眉を上げた。俺の記憶では、あの時の呟きは光介に届いていなかったように思うのだが。

「聞いていたのか」

「聞こえたの。それがどうしたの?」

俺はぐぃと背を反らし、寄りかかってきていた光介を押しのけ、立ち上がった。光介は不満そうに口を尖らせたが、抵抗することなく立ち上がり隣に立つ。

見上げると、山茶花の花と葉が薄い青空の中を泳いでいた。

だから——と言いかけた祖父の声が蘇る。あの時、祖父は何と続けるつもりだったのだろう。

「ありのままでなくてもいいと……あれは、光介がいたから言えたことだったのかもしれない。ありのままの自分を出せる相手が隣にいる安心感は、やっぱり必要だ」

「それ、僕も一緒だよ」

「光介は仮に俺がいなかったとしても、素を出せる相手はいっぱいいるだろ?」

「何言ってんの。素の自分なんてそんな簡単に出せるもんじゃないから。こう見えて僕、外じゃ結構、ネコ被ってるんだよ？」

「そうは見えないが……」

「チカくん！　それはないでしょー？」

言いながら、光介は土だらけの俺の腕に手を絡めてきた。汚れるぞ、と咄嗟に腕を引こうとしたが、汚れているのは光介も同じかと思い直した。ジャージの袖越しに感じる光介の手の温度がいつもより高く感じるのは、きっと気のせいではない。

（結局、偽装カップルの生活が正しかったのかどうか、最後までわからなかったな）

だけど、と思う。少なくとも「さざんか」での生活は、無駄ではなかったはずだ。莉子も言っていたではないか。

――「さざんか」で暮らすようになって、私には私の世界があるんだって……。

そうだ、俺たちの気持ちに嘘も本当もない。誰に取り繕うことも、本当はないのだ。

ただ、思うままに。

その代わり、自分の吐いた嘘の重さは自分で背負おう。祖父の言うとおり、それは嘘を吐いた人間の責任だから。

――どんな嘘でもな、嘘は重いんだ。そして、その重たい嘘を背負うのは、嘘を吐いている者自身なんだ。だから……嘘を吐かないでいい誰かを大切にしなさい。

祖父はそう言いたかったのではないか。

もちろん今となっては全て想像だ。しかし、ありのままの自分を見せることができるたった一人の存在を、俺は大切にしていきたいと思う。それが、俺の正しさだ。

春になれば、池に亀が泳ぐ。その頃までには、石灯篭《いしどうろう》をきれいにして、他の木々も少し剪定《せんてい》しておこう。きっとそれなりに見栄えのする、いい庭になる。

（じいさんの頃と同じにはならないが）

俺たちは俺たちの庭を作るのだ。

腕に光介の温もりを感じながら、俺は少し未来の庭の姿に想いを馳《は》せた。

（了）

本作品は書き下ろしです。

二見サラ文庫

本作品に関するご意見、ご感想などは
〒101-8405
東京都千代田区神田三崎町2-18-11
二見書房 サラ文庫編集部 まで

# シェアハウスさざんか ―四人《よにん》の秘《ひ》めごと―

2021年 2月 10日 初版発行

著者 葵《あおい》 日向子《ひなこ》

発行所 株式会社 二見書房
東京都千代田区神田三崎町2-18-11
電話 03(3515)2311［営業］
03(3515)2314［編集］
振替 00170-4-2639

印刷 株式会社 堀内印刷所
製本 株式会社 村上製本所

落丁・乱丁本はお取り替えいたします。
定価は、カバーに表示してあります。

ISBN978-4-576-21000-1
https://www.futami.co.jp/sala/

二見サラ文庫

# うちの作家は推理ができない

## なみあと

イラスト＝いつか

「また、推理パートを忘れてしまいまして」若手編集者のわたしが担当するのは、大学生作家・二ノ宮花壇。彼にはとある悪癖があって…